追尋，漂泊的靈魂

女作家的離散文學

朱嘉雯　著

目錄

追尋，漂泊的靈魂

文壇的唐吉訶德
——蘇雪林

> 我本是舊家庭出身，又在風氣閉塞的安慶城肄業三年，國文教師的國學根柢倒不壞，但都是熱心衛道之士，平日所灌輸給我們的都是些舊觀念。他們是老冬烘，我們也就成了小冬烘，不過我一到北京，思想便改變，完全接受了五四的新思想，自命為五四人了。
>
> ——蘇雪林

蘇雪林是「五四」以來，新文學發展史上，第一代重要的女作家。她生長於守舊的傳統家庭，卻在自立自強的求學過程中接受了新文化運動的衝擊和啟蒙，使她日後的寫作生涯始終與新文學發展有著密切的關聯。她的一生以甲午戰爭為起點，走過辛亥革命、五四運動、剿匪、抗日、遷臺等歷史階段，不流於俗的性格使她一生在大時代的激流裡，充滿著力挽狂瀾的熱忱與決心，她的文學歷程也因而充分地展現出革命、運動與戰鬥的特質。

一、五四運動

一九一九年五月四日，由於巴黎和會對山東問題的決議，引發北京學生示威遊行，進而造成全中國社會的變動和思想界的革命。五四運動影響的範圍很廣，不僅促成學生運動，同時也使得勞工階級抬頭、國民黨改組、共產黨以及其他政治、社會團體誕生，新的白話文學亦由此建立，而帝制式的儒學權威與君主制的三綱五常，也在「打倒孔家店」、「禮教吃人」等口號下遭受致命的打擊。另一方面，由西方輸入的思想則大受推崇，晚清以來「中體西用」的思維模式，在五四時期已經為「全盤西化」的觀點所取代。

（一）文學革命

廣義的五四運動係指民國六年起，胡適和陳獨秀所發起的新文化運動，主要內容包括新思潮和新文學的引介與推動。在新思潮方面，新文化運動的精神強調「反傳統」與「反封建」，由於胡適信奉實驗主義哲學，所以將一切知識、思想視為應付環境的工具，而工具

圖1-1 五四時期的文人在女性議題上，關注女子教育、婦女繼承權、女性參政，以及個人情慾等多方面問題。

應與時遷移，才是社會、人類之福。他
曾明確地指出：

> 因為從前這種觀念曾經發生功
> 效，故從前的人叫做「真理」，
> 因為他們的用處至今還在，所以
> 我們還叫他做「真理」。萬一明
> 天發生他種事實，從前的觀念不
> 適用了，他就不是「真理」了。
> ……古時的「大經地義」現在變
> 成廢話了。有許多守舊的人覺得
> 這是很可惜的。其實有什麼可
> 惜？（胡適，1921）

走社會改革路線的陳獨秀更進一步
地持「進化論」觀點，強調：

> 如今要鞏固共和，非先將國民腦
> 子裡的有反對共和的舊思想，
> 一一洗刷乾淨不可。（陳獨秀，
> 1917）

誠如胡適在〈新思潮的意義〉一
文中所說，這是一個「重新估定一切價
值」的時代！他們在政治上樹立思想的

圖1-2　古時的「天經地義」，現在變成
廢話了。有許多守舊的人覺得可
惜。其實有什麼可惜？
　　　　　　　　　　——胡適

自由，在學術上破除歷來文人學士依附統治者的陋習。其背後基本的訴求即在於倡導個人的自由，以及個體與個體之間的平等。

新文學運動實始於白話文學的革命，而民國八年的五四愛國運動，則可視為這一場大運動的象徵日期。胡適在留美時期已萌生改良文學語言的意圖，他於民國六年提出〈文學改良芻議〉，主張「八不主義」：

> （一）不用典。（二）不用陳套語。（三）不講對仗。（四）不避俗字俗語。（五）須講求文法。（六）不作無病之呻吟。（七）不摹仿古人。（八）須言之有物。

其後得到陳獨秀、錢玄同等人的熱烈響應，陳獨秀更進一步將胡適的「八不主義」提升到「三大主義」，並發表其《文學革命論》，強調「國語的文學，文學的國語」：

> 推倒雕琢的阿諛的貴族文學，建設平易的抒情的國民文學。
> 推倒陳腐的鋪張的古典文學，建設新鮮的立誠的寫實文學。
> 推倒迂晦的艱澀的山林文學，建設明瞭通俗的社會文學。

五四文學革命於是如火如荼地展開，其間雖有嚴復、林紓、「學衡」、「甲寅」等人士反對，然而終究抵不過時代的潮流，連原先主張保留舊文體的孫中山，都不得不承認：「此種新文化運動在我國今日誠思想界之大變動……實為有價值的事。」

（二）蘇雪林與「五四」

蘇雪林於一九一九年九月，由安徽赴北京女子高等師範學校國文系就讀。雖未及參與五四愛國運動，卻曾經傳遞過五四的訊息，其成名

作之一,同時也是她的自傳性小說《棘心》,便是藉由她個人的故事,反映五四時代,家庭、社會、國家乃至整個時局的動盪和變遷,以及在那樣一個充滿激盪的時期,知識份子的苦悶、企求與出路。這是屬於個人的故事,同時也是整個時代的故事。作家歸人於《棘心》再版時說:

> 五四的人物們多已是雲飄霧散了,然而蘇雪林先生的棘心,卻又將這些「五四人物」再度凸現給我們,那追求真理,固執信仰的熱情,重新顯現給我們⋯⋯。
>
> (歸人,1986)

圖1-3　胡適於民國六年提出「文學改良芻議」,得到陳獨秀、錢玄同等人熱烈響應。

對於五四新思潮的接受,蘇雪林說:

> 我本是舊家庭出身,又在風氣閉塞的安慶城肄業三年,國文教師的國學根柢倒不壞,但都是熱心衛道之士,平日所灌輸給我們的都是些舊觀念。他們是老冬烘,我們也就成了小冬烘,不過我一到北京思想便改變,完全接受

了五四的新思想，自命為五四人了。原來我在安慶當小學教師時，曾借來陳獨秀所編的《新青年》，傅斯年、羅家倫所編的《新潮》及《星期評論》等，有暇便閱讀，覺得他們的議論很有道理，我的思想早已潛移默化，所以接受五四新潮，並不困難。（蘇雪林，1991）

事實上，蘇雪林自民國八年起，即用她充滿新時代女性精神的筆，來記錄中國新文學的革命以及運動發展史。她以「蘇梅」、「雪陵」等名，用白話文寫作，作品發表在各種新文學刊物上，例如：《晨報》、《晨報副鑴》、《語絲》、《北新半月刊》、《新月》、《現代》、《文學》、《文藝月刊》、《人間世》、《國聞周報》、《青年界》、《奔濤》、《東方雜誌》……等等。因此蘇雪林對於五四運動從學生的愛國運動，演變為白話（新）文學運動，其間各大城市的「小報」及「雜誌」，所扮演的重要媒介角色給予相當的關注，她說：

> 新潮流發軔於北京古城，震撼上海、廣州、長沙，不久便澎湃於全國了。那時各地學生團體裏忽然發生了無數小報紙及雜誌，全用白話寫作。有人估計這一年之中，至少出了四百種白話報，有許多為學力經濟所限制，曇花一現，便歸消滅，致招「短命刊物」之誚；但如上海的「星期評論」、「建設」、「解放與改造」、「少年中國」，都有很好的貢獻。報紙也漸漸的改了樣了。從前日報的附張（即附刊），往往記載戲子妓女的新聞，現在多改登白話的論文、譯著、小說、新詩了。北京的晨報副刊、上海的民國日報的「覺悟」、時事新報的「學燈」是五四運動後三個最重要的白話文學機關。（蘇雪林，1980）

民國八年蘇雪林就周溪談主編《益世報》的「婦女周刊」，和當時就讀於北京大學的易君左（學名易家鉞）以及旁聽生羅敦偉，針對一本《白話詩研究集》的品質問題展開筆戰，撰有〈答羅敦偉君「不得已的答辯」〉等文載於《晨報副鐫》，此番論戰以易君左屬名A.D的一篇〈嗚呼蘇梅〉作結。此後蘇雪林於「勤工儉學」的政策下赴法留學，而易君左因在筆戰中措詞失當，為北大及少年中國學會開除。

圖1-4　蘇雪林

蘇雪林出生在清末官宦之家，卻極早吸收新知，為了進新式學校讀書，以性命作為抗爭。為了文字問題，勇於和北大學生公開論辯。為了升學，不顧家人反對，遠赴法國里昂。因為違抗父母之命、媒妁之言的婚約而一度親子失和，最後因體恤母親一生的辛勞，同時也出於對母愛的依戀，她承擔了一輩子名存實亡的舊式婚姻。然而卻從未為了維持這段婚姻，而放棄她為自己選擇的讀書與寫作道路。她的離家出走，成了胡適提倡「娜拉精神」的最佳寫照。

留法後的蘇雪林對於「五四運動」另有一番體會：中國的「五四運動」在

追尋，漂泊的靈魂

與文學運動合併之後，便成為「文學革命」的代名詞。它與法國十八世紀所興起的「浪漫主義」，和德國的「狂飆運動」有相似之處，同時也有相異的地方。其相似點在於法國大革命後，雖然政治上煥然一新，可是文藝界卻仍為古典主義所籠罩，僅能欣賞整齊的、優美的貴族文學。於是雨果等人出，文學界吹起了革命的狂風，浪漫主義戰勝了古典主義，使得民眾文學抬頭。德國在十九世紀也因文學格律、義法、拘忌太多，而引發哥德等人所倡導的狂飆運動，以個人自我的表現，以及充滿民族色彩的風情，牽動新文學的腳步。因此雨果〈克林威爾序文〉的地位就與胡適〈文學改良芻議〉並駕，而貴族文學的落敗與民眾文學的興起，又與陳獨秀的「三大主義」看來異曲同工了。

不過，中國的五四運動在作為文學革命的代名詞之後，與法、德兩國之文學革命的不同處，還是在於「工具」的問題。只有中國的文學革命運動是將文學工具——語言——完全換過，而法、德的文學革命則僅止於文學風格的轉變。

圖1-5 「娜拉精神」是五四時期，提倡女學的具體寫照。圖為女作家丁玲。

　　五四運動所提倡的科學精神，於
新文學領域裡，乃集中表現在「寫實主
義」文學的具體試驗；而民主精神的發
揚則有賴「人道主義」的文學思想來實
現。因此當蘇雪林及當時許多青年在各
刊物上，秉持著寫實主義的風格與人道
主義的精神，抒發對社會、家庭、婚
姻、婦女……等問題的見解時，便已經
充分發揮了胡適等人所暢言的：五四運
動就是重新估定一切價值的時代。蘇雪
林回憶道：

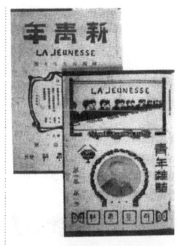

圖1-6　《青年雜誌》自第二期改名
為《新青年》，為五四時期
提倡新文化新文化運動的重
要刊物。

　　五四左右的青年受著科學民治兩
　　大精神之陶冶，一往無前地向前
　　探求應走的道路。他們心胸是純
　　潔的，態度是真摯的，信仰是單
　　純的。他們的行動也許有點暴
　　躁，也許有點幼稚，但那一股蓬
　　蓬勃勃，新鮮潑刺的朝氣，卻是
　　十分可愛的。他們那時沒有別的
　　敵人，唯一的敵人便是傳統的思
　　想。他們都祈求為真理的戰士，
　　站在一條戰線上，張開如火如荼
　　的陣容，向舊社會取包圍攻擊的
　　姿勢，想一舉把這古老中國摧枯

拉朽似的廓清了，而建設起他們
理想中廿世紀的新中國。（蘇雪
林，1980）

二、武漢時期

　　五四愛國運動既發展為新文化與新
文學運動，卻在一連串急風暴雨的政治
情勢與社會鬥爭的裹脅下，分出了兩條
明顯的歧路，使得五四運動轉入分裂的
武漢時期。

（一）左右對峙

　　民國十五年國民革命軍出師北伐
後，共產黨開始蘊釀迎國民黨元老汪精
衛回國主持政府。民國十六年在吳敬
恆、蔡元培兩位監察委員的提議下，國
民黨展開「清黨」。這一年共產黨在長
沙組織反帝大遊行，並鼓動汪精衛與陳
獨秀發表「國共兩黨領袖聯合宣言」，
汪並赴武漢就任該政權之主席。此時國
民黨推胡漢民為政府主席，蔣中正發佈
〈告全國同胞書〉以及〈告國民革命軍
全體將士文〉，表明決議實現孫中山遺
訓，在南京組織中央黨部及國民政府。

圖1-7　新文學發展至抗戰時期，文
　　　　壇作家群也逐漸分成意識型
　　　　態鮮明的兩大陣營。（圖為
　　　　五四作家丁玲與胡也頻）

汪精衛於是下令撤去蔣中正的職務與黨籍，而且宣佈通緝蔣。軍閥馮玉祥、唐生智、李宗仁等亦在往後的幾年間發動政變，以至於歸附汪政權。民國政壇遂形成寧漢分裂的局面。

民國二十六年七七事變發生，全面對日抗戰展開，共產黨發表「共赴國難宣言」，次年國民政府遷都重慶，然而事實上，全國的政治重心最初只轉移到武漢，而這時期的文學活動也泰半集中在武漢，例如共產黨的《新華日報》在武漢出刊，而中華全國電影界抗敵協會也在武漢成立，同時還有全國文藝界抗敵協會成立於漢口等⋯⋯。新文學發展至此，文壇上也逐漸發展出許多意識鮮明，且形象對立的文學團體。因此「武漢時期」也就成為繼五四新文學運動以來，中國現代文學史上最重要的歷史階段之一。

五四時期，以胡適為首，徐志摩、沈從文、梁實秋、陳西瀅、楊端六、蘇雪林等人追隨胡適形成自由主義文學家陣營，先後在北京與上海創立《現代評論》（1924-1928年）與《新月》月刊（1927-1933年）。到了民國二、三十年代，有逐漸認同國民政府的趨向。而五四時期主張寫實主義文學，創辦《絲語》、《莽原》、《北新周刊》等專門發揮冷嘲熱罵與諷刺精神的魯迅、鄭振鐸等人，以及鼓吹浪漫主義並成立「創造社」的郭沫若、郁達夫、張資平等作家，也都在時代的潮流下，迎向了左翼的社會主義道路。此時左翼文人勢力發達，國民黨人則以「民族文學」為號召，使文學界出現左右對陣頡頏的態勢。

（二）蘇雪林在武漢

民國二十年蘇雪林應《現代評論》主筆之一楊端六的邀請，到武漢大學任教。二十二年因學生的要求而開始講授「新文學研究」，當時國內教授新文學者僅有上海的沈從文、武漢的蘇雪林，以及清華大學的朱自

清。武漢文藝界在蘇雪林的指導下，由青年學子以「民族文藝運動」為宗旨，成立「武漢文藝社」，該社創社的第一個活動，就是請他們的精神導師蘇雪林作一場「關於中國的民族文學」演講。這也是蘇雪林第一次公開和武漢愛好文學的青年見面，同時也為武漢的民族文藝運動拉開了序幕。武漢文藝社於第二年籌備出版《文藝》月刊，創刊號的首篇文章，即為蘇雪林前次演講的整理稿。該刊編輯魏韶蓁日後回憶道：

> ……這位願意離開學院派教授的地位，而和我們這些籍籍無名的青年，走在十字街頭，與左翼文妖作殊死鬥的武漢大學教授蘇雪林先生，她那種戰鬥的精神，是使我無時或忘的。（魏韶蓁，1986）

武漢文藝社以論文、小說、詩歌、戲劇、散文等各種文學形式來提倡民族文化，發揚民族精神，並亟力抗衡澎湃的左翼思潮。青年學子在蘇雪林的鼓勵下，創作出一連串有關李陵、關羽、岳

圖1-8　武漢文藝社與創造社在抗戰時期，時有短兵相接的情況。（圖為五四作家凌淑華）

飛、林四娘等重氣節的英雄人物歷史小說。文一刊出，隨即有「創造社」後期的左翼文人在報上針對這類小說提出批評。而武漢文藝社戲劇部的同仁也緊接在階級仇恨的戲碼上演後，隨即推出春秋時代大義滅親等故事來沖淡觀眾的印象。在這些活動進展中，蘇雪林總為他們加油打氣。直到武漢大學撤退到四川前，武漢文藝社就在蘇雪林的鼓勵下，從個別寫作到開座談會，每每與左派藝文團體短兵相接。魏韶蓁說：

> 她（蘇雪林）知道我們是憑一股熱血在幹民族文藝運動，經濟力是很脆弱的，我們經她這種關心的慰問，心頭的煩燠，頓時感到非常涼爽。（魏韶蓁，1986）

不久之後，武漢文藝社的努力得到國民黨的認同，中央黨部並委託他們再辦一份戰鬥性更強的半月刊《奔濤》。此時蘇雪林不僅自己投入，更親自帶領青年學子去拜訪武漢的著名作家與學者，如：楊端六、袁昌英夫婦，陳西瀅、凌叔華夫婦，以及吳其昌、郭斌佳等人，以尋求他們的支持。

因為蘇雪林的熱心贊助、接洽與指導，《奔濤》半月刊才能在抗戰爆發的那一年，順利由全國發行網最密的上海雜誌公司出版。蘇雪林並在創刊號上提出兩篇力作：〈致蔡子民先生書〉與〈致胡適之先生書〉。這兩篇文章舉出上海作為中國文化中心，卻受左翼思想席捲的現象，現實情況已達「如飲狂風，如中風疾」的地步，舉凡文學、藝術、戲劇、電影，甚至於教科書的編製等，都已成局勢。而所謂「人民陣線」的組織、「救亡運動」的發起，以及關於「魯迅宗教」的形成等問題，也使她擔憂。她大聲疾呼學人不該隱身象牙塔，她呼籲黨國元老蔡元培，文學革命元勳胡適之兩位德高望重的先生，挺身而出帶領青年學子。此文一出，上海

追尋，漂泊的靈魂

文壇掀起一場針對蘇雪林的猛烈攻擊。蘇雪林被罵為「瘋婦」，小報也以漫畫來醜化她的形象。胡適的回信後來也在《奔濤》上發表出來，他認為面對紛擾的國事，應該「鼓勵國人說平實話，聽平實話」，他不贊同蘇雪林慷慨激昂的做法。同時胡適也不認為左派已到了蘇雪林口中所說的猖狂地步，他說：「只要政府能維持社會秩序，左傾的思想文學並不足為害。」「我在北方所見，反對政府的勢力實佔極小數，其有作用者，雖有生花的筆舌，亦無能轉變其分毫。」雖然左派分子的「大本事在於有組織。有組織則能天天起哄，哄得滿城風雨，像煞有幾十萬群眾似的」，但胡適認為「這一班人成不了什麼氣候」！因此在胡適看來，蘇雪林未免「過於張大左派文學的勢力。」（胡適，1937）

這一段書信的往來，使人感受到蘇雪林的疾惡如仇，與胡適之的理性溫和。往後歷史的發展，證實了蘇雪林的憂心不是無病呻吟。作家彭歌對此發出感言：

圖1-9　胡適

在初讀這兩封信時，我比較接受胡先生的見解，覺得蘇雪林先

生也許因為正義感太強，火氣太大了一點兒。可是，如果仔細想想這幾十年間的前塵，我們這一代身經目睹了這千古未有的大悲劇；並且再把當前臺灣與大陸上種種情形對照來看，就不能不覺得，蘇雪林先生當年的警告與忠言，極其正確，極有見地，絕不是「過火」。雖然我也贊成胡先生的「持平」之論，可是，對於一個時代的大問題、大趨向，作為走在前面的知識份子，卻不容存著那樣無所謂的輕易態度。「左派控制新文化」，畢竟是冷酷的事實，左派控制新文化，無疑是最後使中共奪得政權的主因之一。胡先生當年的認知與判斷，不能說是完全正確吧。（彭歌，1991）

如果再將此事證諸於毛澤東延安文藝座談會上的講話：無產階級革命的成功，必須有文武兩種軍隊，一種是手裡拿槍的，一種是手裡拿筆的。足見政權與文人之間的密切關聯。在共場黨的鼓吹下，左傾後的「創造社」、「太陽社」接連發表了「現代中國社會與革命文學」、「無產階級革命文學」、「從文學革命到革命文學」、「怎樣建設革命文學」……，這些專題在在證明左翼文人亟欲以他們的筆來支援無產階級革命，並因此成立左翼作家聯盟。蘇雪林晚年回憶：

左翼發表書籍刊物又非常之多，就是國民黨辦的報紙也能插入一腳。蓋報紙必有副刊，非文藝家主持不可。文人思想既大都赤化，那個副刊就成了他們的園地。打開一份報紙，社論是一篇詞嚴義正的反共文章，副刊卻是充滿了短小精悍的赤色文藝。（蘇雪林，1980）

15

這樣的情形，黨國元老當亦有所感，只是莫可如何。戴季陶曾說：
「為什麼我們辦的報紙，竟一半成了共產黨宣傳機關，這不是自殺政策
嗎？」張道藩在上海也感歎道：「我在上海書店作了一番巡禮之後，真使
我觸目驚心。我只約略翻閱一些知名作家的作品，順手買了十幾本有份量
的小說帶回去閱讀。我發現，這些作品的內容，除了鴛鴦蝴蝶派之外，幾
乎都是不滿傳統，反抗現實的。更使我警覺的，有好幾本都含有左傾思
想，而且寫作技巧相當高明，對讀者很富於吸引力。」甚至前與共產黨接
頭，後與日本人謀和的汪精衛都驚嘆：「武昌漢口書店隨便買些抗戰宣傳
品，誰知都是左傾刊物。」蘇雪林在武漢教授新文學研究時，指出左傾文
人除了魯迅、郭沫若等「謀求個人出路的投機份子之外」，大多數的文人
都是因為善良熱心，在中國積弱百年之後，看到俄國無產階級革命成功，
認為找到了光明的燈塔，對社會主義中的共產主義不勝嚮往。

　　蘇雪林自〈與蔡子民、胡適之兩位先生書〉之後，「批魯運動」幾
乎成為蘇雪林的半生事業。

> 就在武漢大學的新文學課堂上和武漢黨部的一個刊物，口誅筆
> 伐，發表了幾篇反魯的文章。這時，我是抱著衝鋒陷陣的心
> 情，來維護真理正義的，果然，他們馬上就把我視為敵人，群
> 起圍攻，南京、上海、北京，各地報紙、各項刊物，污言穢
> 語，把我罵得很難聽，他們還怕我看不到，一捆捆的寄來，直
> 到對日抗戰發生，大家的注意力轉變為止。（蘇雪林，1970）

　　《我論魯迅》一書是蘇雪林撰寫對魯迅觀感的文集，從魯迅的性情
與思想、品行與作為、招降於左派，以及盤踞文壇十年間的為人處世，
均有意見。蘇雪林飽受五四時代理性意識的薰陶，同時因為她本身性格的

積極，是故凡事好以「理」辯，她詳讀
魯迅的作品，除了《阿Q正傳》和《中國
小説史》一二部賦予高度評價外，魯迅
的許多雜感，都讓蘇雪林心生強烈的反
彈。當時文壇名士十九赤化，然而蘇雪
在討論葉紹鈞、田漢、鄭振鐸，甚至於
茅盾等人時，都能對他們的文學給予中
肯的評價，只是對於魯迅並不寬待。總
之，她在武漢大學教書的這一段時期，
一面為文批魯反魯，一面帶領學生活動
與左聯對抗，充分突顯出她戰鬥力強盛
的積極運動性格。

圖1-10　蘇雪林與友人（圖為謝冰瑩、
　　　　蘇雪林、褚問鵑在臺灣）

三、臺灣經驗

民國三十四年，日寇已除，國家
統一，國民政府定五月四日為「文藝
節」，並舉行第一次慶祝大會。同年，
曾屬新文學運動中反對勢力最強的「學
衡」派文士之一梅光迪去世，其象徵
意義在於舊文學時代的終結。新文學
發展至此，本可期待胡適所説「新文化
運動的目的是再造中國文明」將在國家
與民族危機解除的新時刻，與時推移，
漸入臻境。然而不到四年的時間，國府

倉皇遷臺，中共視「五四」為生日，毛澤東在《新民主主義論》一書中說：「五四運動是在思想上和幹部上準備了一九二一年中國共產黨的成立。」因此國民黨亦將它視為共產黨的開路運動，而五四運動作為中國知識階層對固有文化全面省察的終極意義便逐漸隱沒。

（一）胡適猝逝

民國五十一年二月二十四日，胡適於南港「蔡元培館」招待院士的酒會上，心臟病突發逝世。許多學者面對胡適及其所倡導之五四運動，給予歷史定位。

大陸學者吳福輝認為胡適所受到的歷史冷遇，主要原因在於他的自由主義與個人主義是少數精英人士的文化標準，而且這套標準來自西方，與中國長期以來「文以載道」的傳統產生「錯位」。（吳福輝，1994）反之，左翼文學則是立足於中國鄉土的大眾化文學，因此留學歐美而有都會文明的「胡適派」則遭到孤立。證諸新文學運動時期魯迅對陳西瀅與梁實秋的批評，或可因此視為無產階級文學與資產階級文學的爭鬥。而胡適派文人將西方文學中對現代

圖1-11　胡適與江冬秀

人普遍生存處境、生命價值與文化心理的著重探討,對中國傳統社會多元美學範疇的開拓意義,則在兩黨鬥爭,兩軍對壘的時代浪潮下淹沒。

然而留美人士則有不同的看法,余英時指出:

> 「五四」以反孔家店的「名教」始,而以尊奉馬家店的「新名教」終,中國知識份子能作這樣大幅度的思想轉變而不失其怡然自得的故態,這說明中國文化心理的結構是最值得研究的課題⋯⋯遲至一九四八年,在政治上活躍的中國知識份子,從教授、作家、新聞記者、到大學生,人人都在爭取「民主」、「自由」、「個人自主」這些基本的現代價值,但是一年之後,他們便都毫不遲疑地跟著毛澤東痛斥「民主個人主義者」了。(余英時,1996)

胡適晚年棲身臺灣,儘管國府對「五四」的態度淡然,然而五四運動抗議當權、提倡學術自由的基本精神,卻在民主化進程中顯發。

(二)蘇雪林回顧「五四」

民國七十一年胡適的再傳弟子唐德剛在傳記文學出版《胡適雜憶》與《胡適口述自傳》。書中指出:胡適在美留學七年,並未用心讀書,而是與美國女郎戀愛,而且博士考試亦未獲通過,返國後乃逕稱「博士」,因而得以在北京大學講座,以從事新文化運動而「暴得大名」。並說:胡適冒認績溪三胡為其祖宗,以及胡適任駐美大使時,只知出個人鋒頭而遭致免職。此外流寓臺灣的保守人士將共產主義蔓延中國的責任歸咎於五四運動:因為五四反傳統、反封建、反政府、反階級,重估一切價值觀念,在思想上建設得少,破壞得多,因為「五四」使人們的思想「真空」,才導致共產主義趁虛而入。

圖1-12　胡適

萬山不許一溪奔　攔得溪聲日夜喧　到得前頭山腳盡　堂二溪水出前村

南宋大詩人楊萬里的　獨源鋪作句衣最愛讀　今寫給　做姜英姊妹他的二五　歲生日

疏　二十年八月

圖1-13　胡適手跡

這些針對「五四」與「胡適」的言論，再度引發蘇雪林強烈反彈，她陸續撰寫了《猶大之吻》、《眼淚的海》為胡適辯誣，同時也表達她對「五四」與左翼的看法。她從歷史的角度辯駁：「辛亥革命無由建立新中國的原因在於制度雖改，國民思想幾千年的積習不變，革命不算成功。因此才有五四新文化運動的產生，這是一個由眼光遠大的改革家所倡導的運動。」蘇雪林的「護胡運動」在民國五十年代，隨著反共戰鬥文藝達到頂顛，她從武漢大學時期開始從事「批魯衛胡」而經歷的許多威脅、打擊和被孤立，她不僅對這一切毫無畏懼，而且愈戰愈勇，明顯地呈現出她自「五四」以來的運動性格與戰鬥力。至於數十年如一日的言論，亦足以證明她的定見。其新文學講義《二三十年代作家與作品》直至來到臺灣才免於遭受抨擊，並於民國七十年得到第六屆國家文藝獎章「文藝批評獎」。蘇雪林無疑是胡適一派自由主義與新文學發展的忠誠代言人。

蘇雪林一生在中國新文學運動史上的事業，可以「擁胡反魯」四字概括。她的思想在五四時期受到新文學領導人

的影響而啟蒙，因此富有積極的理性主義、自由主義與個人主義色彩。五四時期強調的自主性與反抗性，在她一生行事中已充分地展現出來。她年輕時，為了求學讀書而不惜與祖母抗爭，以性命要脅母親，並藉由不斷地求知、讀書來反對加諸在她身上的封建婚姻。及至婚後，蘇雪林也並未放棄理想，仍然不斷地潛心研究與寫作。蕭乾曾說蘇雪林的自傳體小說《棘心》是一部「反反封建」之作。蘇雪林的學生唐亦南進一步指出：「即在整個『反封建』的時代，她都要『反反封建』。正顯示了她有一種傳統保守，執善固執，而又特立獨行的性格，而這種性格表現在為人方面：是潔身自好，不與世俗往來。」（唐亦男，1994）五四時期蘇雪林正值求學階段，當時她對各種傳媒刊物的重視，及其對五四新文藝運動的關注，亦可以一窺其運動性格。

蘇雪林自述在武漢大學任教時期，是一生文思最豐沛的階段。又說「批魯」是她一生最得意的事！她回憶當時的「反魯」文章以及與左派文人打筆戰的往事，形容自己「就像是手握長矛與風車相鬥的唐吉訶德般，揮棒打下去，才發現打到了黃蜂巢，使得毒蜂傾巢而出，上海、南京、北平、天津、西安、洛陽，各報紙副刊，各文藝刊物，左翼嘍囉，全體動員，或作漫畫，或寫詩歌，或書寫雜感隨筆，污言穢語，連篇累牘，將我罵個不亦樂乎！」蘇雪林的「反魯」，甚至招來匿名警告信，聲稱要殺她為文化界除害！然而蘇先生並未因此而屈服，反而愈戰愈勇，反覆重申：「中國近代史的悲劇，魯迅要負很大的責任！」五四時期由胡適之引介而興起的「易卜生主義」與「娜拉熱」所強調的個人獨立思想，在蘇雪林身上得到具體展現。她對於《現代評論》與《新月》等作家，如：陳西瀅、梁實秋等人的認同，亦使我們開啟了日後探索女性追求五四精神的另一扇門窗。

沙場女兵

——謝冰瑩

女同學們，誰也瞞著家庭，瞞著學校。偷偷地去投考軍校；錄取了的，那種眉飛色舞，得意洋洋的喜態，真是不能以言語形容。

「兵！」這一個多麼有力的字！真想不到數千年來，處在舊禮教壓迫之下的中國婦女，也有來當兵的一天……。

——謝冰瑩

我從汪德耀先生譯的法文《從軍日記》裡面，我認識了你——年青而勇敢的中國朋友，你是一個努力奮鬥的新女性，你現在雖然像一隻折了翅膀的小鳥；但我相信你一定能衝出雲圍，翱翔於太空之上的。朋友，記著，不要悲哀，不要消極，不要失望，人類終久是光明的，我們終會得到自由的。

——羅曼羅蘭

一、五四第二代女作家

　　中國女性小説的興盛，起於五四新文化運動反對封建制度及其倫理文化的浪潮。五四時期的女性小説家的創作主題大致可分為三類：一是帶有啟蒙主義思想，及問題意識的作家，如：陳衡哲和謝冰心。二是透過濃厚的自傳色彩與主觀抒情來感懷身世，以反映舊式禮教的殘酷與黑暗，文中往往飽含反抗社會的率直情緒，與充滿個性的叛逆語言，這一類作家以：黃廬隱、馮沅君、石評梅為代表。最後是講究藝術性，以及反映世家門第中女性的抑鬱與煩憂，例如：凌叔華和蘇雪林。五四時期女性的創作不但緊扣時代與社會，同時充分表現主體意識，對於追求學業及愛情等人生價值更是義無反顧。

　　值得注意的是，「五四」到「後五四」時期女性小説中的性別意識。一般而言，她們的寫作都偏愛婦女與兒童的題材，而且對中國文學傳統中溫柔婉約一格多有順向的繼承，最著名的便是為眾人稱道的：「冰心體」。此外，因為接受新式教育的啟發，因而在她們的

圖2-1　謝冰瑩

作品中也不乏較其他時代的女性文學更
為開闊的史觀，甚至有偏向男性化的人
格和寫作傾向。

　　到了二○年代末以迄三○年代，
新文學第二代的女作家躍居文壇，女性
意識逐漸退燒，性別論述在文學中的篇
幅也有漸次消減的趨勢。此時謝冰瑩的
《女兵日記》、《女兵自傳》，以及丁
玲《莎菲女士的日記》等，都頗能反映
當時女性我行我素的形象，以及在都會
生活中病態感傷的心境。

　　二十世紀末，臺灣興起女性生命故
事文本的流行風潮，透過不同族裔的女性
故事，包括多重殖民等經驗，於是阿媽們
開始書寫回憶。這種女性寫作意識的勃
興，表現在有意識的自傳書寫上，例如：
楊千鶴晚年將自己的一生做成記錄。然
而如果女性年輕時便為自己寫作自傳，
或有長期寫日記的習慣，則我們又該如
何看待這樣的女性創作意識呢？謝冰瑩
的《女兵自傳》與《從軍日記》在此間凸
顯了五四時期女作家所強調的個人風格。

　　謝冰瑩，原名謝鳴崗，字鳳寶，
一九○六年出生于湖南新化。自幼隨父
親讀四書五經，後來畢業於長沙省立第

圖2-2　新文學的第二代女作家，開始將
　　　　女性的心理與生活中的感傷，帶
　　　　入文學作品，為女性的自主意識
　　　　開拓新疆界。

一女師、武漢軍校、上海藝大,以至日本早稻田大學的文學研究院。早年曾在在北京、成都、廈門等地教書。一九四八年渡海來臺,在師範大學任教,晚年僑居美國舊金山。

她蜚聲於大革命的時代,是起自「女兵」的身份與文學書寫的結合。一九二〇年代,她與陳天華、成仿吾被譽為湖南新化「三才子」。她的自傳體著作《從軍日記》、《女兵自傳》曾被翻譯成十多國文字,風行國內外。其他短篇小說集,如:《前路》;長篇小說,如:《青年王國材》;散文集,如:《麓山集》等,總計超過一千多萬字,可謂多產作家。

一九二〇至四〇年代,是謝冰瑩的文學創作的頂盛期。卻也是她的婚姻問題屢遭挫敗的時期。當時她為一心嚮往的自由戀愛,與掙脫包辦婚姻吃苦不少。其後也曾一再失去親密伴侶。一九三〇年代初她於廈門中學教書時,結識了生物學家黃雨辰,兩人一度相偕回湖南教書,並攜手遠赴東瀛留學,也曾並肩赴前線勞軍,卻於四〇年代發生婚變。一九四〇至四三年她在西安主編《黃河》文藝月刊,復結識賈伊箴,終與其白頭偕老,在美國安享晚年。

謝冰瑩的第一篇小說寫於「進了女師的第二年」,刊於在長沙《大公報》,從此涉足文壇。

北伐時她和兩百多名熱血青年男女從長沙乘車去武漢報考黃埔軍校。於一九二七年起,隨軍北伐,寫出一系列《從軍日記》,當時先刊於《中央日報》副刊,一時洛陽紙貴,全國無數少男少女為之癡狂。《從軍日記》後來被林語堂譯成英文,茅盾等人均有嘉評,謝冰瑩由此名聲大震。其後出版《女兵自傳》一書,更是為人稱許。謝冰瑩的一生遂以女兵見稱。一九三七年她在長沙組成「湖南戰地服務團」,動員婦女赴抗戰前線支援,這是她以女兵為職志的最佳證明。

二〇〇〇年她病逝於舊金山，大陸
《福州日報》寫道：

> 繼去年冰心、蕭乾、蘇雪林相繼
> 辭世後，文壇耆宿謝冰瑩的辭
> 世，已使目前在世的五四時期新
> 文學作家僅剩巴金一人。

據謝冰瑩的讀者蔡慧瑛的回憶：

> 印象中的謝媽媽都是穿著旗袍，
> 短直的頭髮看起來總是神采奕
> 奕，對於我們叫她謝媽媽她非常
> 高興。

圖2-3　謝冰瑩

謝冰瑩的赤子之心，經常表現在喜
愛小朋友與從事兒童文學創作如：《小
冬流浪記》、《給小讀者》等作品中。
而她在《國語日報》上發表給小朋友的
信，也篇篇真情流露，令人難忘。

> 謝媽媽是我看過最愛小朋友的作
> 家，30年前當我還是小學6年級
> 的鄉下女孩子的時候，雖然她是
> 師大國文系的教授也是知名的作

家，但是對於我寫給她的信都仔細閱讀並且幫我訂正錯誤。每次出國回來總會在信裡描述國外小朋友的生活狀況，並且寄當地的小禮物送給我。想想30年前出國還是一個遙不可及的夢想，而我卻能在南投縣一個偏僻的小村落透過謝媽媽認識世界各國的小朋友。

對於戰後初期的臺灣讀者群而言，具有革命精神的女兵，和書寫兒童故事的謝媽媽，在他們心中永遠占有一致性的崇高地位。

二、描寫戰爭的藝術

謝冰瑩曾指出，《女兵自傳》之增刪五次，其精神是在效法托爾斯泰著《戰爭與和平》的反覆思索與七次易稿的嚴謹創作態度。可見女作家對戰爭文學的經營與用心。

一九四四年，張愛玲在〈談音樂〉一文裡形容她所感受的五四運動：

圖2-4　張愛玲藉「五四」描寫交響樂的震撼力。

大規模的交響樂自然有不同，那是浩浩蕩蕩五四運動一般地衝
了來，把每一個人的聲音都變了它的聲音，前後左右呼嘯喋的
都是自己的聲音，人一開口就震驚於自己的聲音的深宏遠大；
又像在初睡醒的時候聽見人向你說話，不知道是自己說的還是
人家說的，感到模糊恐怖。

「五四」如此來勢洶洶，彌天蓋地，使三〇年代的作家尚能感受到
洶湧狂潮，更何況是身逢其時的人們。根據謝冰瑩的自述，及文中所呈現
的時間及情勢看來，她寫《女兵自傳》的時間，大約是在寧漢分裂到蘇共
扶持中國左派攘奪北伐進行之間。因為民國十三年孫中山已於廣州成立黃
埔陸軍軍官學校，而謝冰瑩文中所說的在長沙招生，於武漢入學的「中央
軍事政治學校」，則很可能是當時為了混淆敵人視聽，而襲用與中央同名
的組織團體，這便是《女兵自傳》中所描寫的場景。五四以來，許多作家
的創作背景中都不免染上時代風潮：

有人說謝冰瑩的作品「不像女人寫的」、「多的是『兵』的率
直豪爽，少的是『女』的溫柔委婉」。可見，男性化是謝冰瑩
創作風格最鮮著的特徵，體現了她對傳統女性文學的反叛與超
越，以往的女性文學都限於婉約纖秀的格局，「五四」女作家
首開女性解放風氣，思想進步，但步履遲疑，謝冰瑩的創作成
就雖未達到「五四」女性文學的藝術極致，但在擺脫女性意識
的傳統負累和束縛上，卻是最堅決、最徹底的。（劉維，1995）

據余英時〈『五四』文化精神的反省〉一文所示，「五四」的精神
在於吸收西方的新文明以全盤取代中國的舊文化，其可貴處首重於國人的

文化自覺。由於一九一九年之前，中國已走過一連串的政治社會運動，包括：太平天國、洋務運動、立憲，以及辛亥革命，然而均未如「五四」一般掀起整個民族普遍的覺醒。當時的口號如：「打倒吃人的禮教」等，亦足以顯示那是一個「破壞」的階段，對於新的秩序，人們未暇顧及。以此破除舊禮教的精神參照謝冰瑩的文學創作，使人感受到《女兵自傳》實堪稱是五四反傳統觀念的具體實踐。謝冰瑩說：

圖2-5　謝冰瑩

> 封建社會，這殺人不見血的惡魔，每天都張開著血嘴，在吞吃這些沒有勇氣奮鬥的青年，你也甘願給它吞下去嗎？而且，你應該進一步想想，自殺是多麼愚笨的事呵，你死了，舊社會少了一個叛徒，即使你沒有勇氣拿著鎗，跑上戰場去衝鋒殺敵，也應該作一點於人類有益的工作呀。

　　彭歌認為這一段話「流露出五四時代的流行心態」（彭歌，1988），亦即追求極端個人自由與個性解放，並反對一

切權威的觀點。謝冰瑩所創作的散文與小説，在藝術技巧上雖未達到高度的成就，然而她聽任本能情緒一瀉千里的作法，更使我們清楚看到五四運動在中國思想文化發生深刻變革的年代，激進的思潮對許多準報導文學作品的影響。這些創作往往在題材的選取和內容的表現上，比歷史上任何時刻更顯著地反映了人們的價值取向。

除了謝冰瑩之外，當時的作家，如：冰心、瞿秋白等人也都積極地從事戰時生活寫作。文中除了堅持一貫的愛國主義宣揚外，並同情民生疾苦、揭露帝國主義與軍閥罪惡。謝冰瑩在這一類文學作品中充分地記載了她所參與的北伐戰爭。正因為作家以其親身經歷作為文學素材，遂使作品的主觀寫實性大為增強。儘管當時還未出現專業的報導文學，然就題材與體例而言，謝冰瑩的作品應可説是此文類的先驅。

一九四八年渡海來臺後，她於成功大學任教，並因從事教育工作而持續將滿腔的創作熱忱移轉到兒童文學上。一九六六年謝冰瑩在「國語日報」連載、出版的《小冬流浪記》，該作曾於一九九八年文建會及臺東師院兒童文學研究所共同舉辦的「臺灣兒童文學一百」評選活動中，入選為優秀作品。一九六〇年代以降，在全球化與區域文化等各項議題的討論聲浪中，愈來愈多的臺灣作家與學者，對於美式好萊塢文化及其商品的入侵表示關注。為了積極界定本土文化，並珍視傳統再生的契機。兒童文學評選力求歷史的、本土的創作，尤其是在世紀之交，許多人希望尋回兒時的閱讀記憶。此次評選人員包括臺灣地區兒童文學民間團體與圖書館等相關從業人員，以及這方面的專家學者等。由這次評選活動的組成陣容所顯示的專業性，與活動訴求直指本土文化觀之，謝冰瑩當時已成功地將其直爽俐落的女兵本色，轉形為優秀的文化教育工作者了。

至於她與蘇雪林在一九六〇年代，同聲譴責郭良蕙書寫情慾禁忌一《心鎖》一的行動，則又呈現過渡新舊時代的女性在觀念上的侷限，顯然

追尋，漂泊的靈魂

圖2-6　謝冰瑩

圖2-7　女兵謝冰瑩

這仍是她們生命與創作中無從超越的跨欄，猶如謝冰瑩一雙裹過然後又放開的「改良腳」，介於時代交替的人們，走過女權運動，曾經高喊自由的鬥士，面對女性情慾的書寫尺度仍然保守著一道嚴謹的陣線。

三、女性的日記

曾經分別獲得一九八二年及一九九二年英國布克獎（The Booker Prize）殊榮的兩部戰爭小說《辛德勒方舟》與《英國病患》在九〇年代陸續躍升大銀幕之後，都獲得佳評。而另有一部名為《安・富蘭克：一位少女的日記》（Anne Frank:The Diary of a Young Girl）戰爭書寫，則以「日記體」的形式為此文類開闢了一個嶄新的世界。她脫離傳統男性對戰爭與流亡書寫所賦予的沉重陰影，從一個單純、平凡、私我的角度，趣味化了戰爭的意義。女作家活潑流暢的筆觸使人徜徉在她純真而又豐美的內在花園，並且透過作者對周遭環境、人物細膩的觀察，與生動的刻劃，更能喚醒讀者打開心門，釋放對生命的愛與熱

情。女性日記體與戰爭文藝的結合，拉開了人類靈魂對真善美的憧憬與戰爭醜陋現實的巨大反差，世人對於無情的砲火與扭曲的人性始有更驚心動魄的體認。

這部英倫少女的輕言微語不禁令人想起中國的女兵文學經典——《從軍日記》。謝冰瑩的同學壬人曾在《長沙晚報》寫道：

> 謝冰瑩在文學上的成就，不能不歸功于她長年累月寫日記的習慣。她從十五歲寫日記起，至今不曾有一日間斷。

「日記」幫助一個少女梳理情思，啟悟智力，同時也提煉筆力。而《女兵自傳》則是她的另一種常用的文類。謝冰瑩在書名上直接明示了「自傳」性質，只是探討這一文類的人都在思索：真實再現的可能。李有成在〈論自傳〉一文中說：

> 撰寫自傳的過程，其實就是「現在的我」和「過去的我」之間互動的過程。自傳作者的過去生平既是猶待閱讀的文本，那麼此生平也和文本一樣，是個具有意義的表意系統。（李有成，1990）

自傳主體隱含的虛構性其實是存在而可以被放在作者身處的特定時空下加以討論。它之作為一種書寫和重構，雖然作者寫作過程中以其生平記憶作為依憑，但事實上作者並不能夠把生平作鉅細彌遺的呈現。於是，記憶的寫作就成了不斷擇選的結果，也是一種有意識與特定策略的書寫。謝冰瑩和蘇雪林等人將自己的生平經歷，無論是婚姻或參戰經驗，運用自傳文體，同時加入了虛構中帶有濃厚自傳性的小說體，因而使其文本

在真實與虛構之間擺盪。作品的實際效果呈現具有文體意識的寫作行為，無形中表達了五四時期追求主體自由的女性聲音。女性傳記作為一種創作，而非直接、浮泛的生平記錄，目的在於呈現自我，將真實自傳和虛構小說結合，以訴說女性在長期父權體制下，欲從中取得發言權與詮釋能力，並透過自我意識的覺醒，來改寫社會集體記憶的創作意圖。

再以日據時期臺灣女作家楊千鶴為例，「自傳」、「散文」、「短篇小說」的分類，重點在於女性終於自覺地回頭看她們的歷史。我們將小說〈花開時節〉拿來與作者少女時期的紀錄文字相比較，就會發現這是同一故事的改寫。作家以女性視角自述她們真實生活裡的辛酸與無奈，用以抵抗社會長期對她們的消音。這個形象有別於傳統男性「擬女性」的文學形式所留給人們的刻板形象，而是具有真實性的女性視野。同時，女作家創作時的傳世慾望亦極顯見。朱崇儀在〈女性自傳：透過性別來重讀／重塑文類？〉中說：

圖2-8　謝冰瑩

自傳如今被理解為一個過程，自傳作者透過「它」，替自我建構一個（或數個）「身份」（identity）。所以自傳主體並非經由經驗所生產；換言之，必須利用前述自我呈現的過程，試圖捕捉主體的複雜度，將主體性讀入世界中。寫作自傳之舉，因而是創造性或詮釋性的，而非述「實」。（朱崇儀，1997）

於此判讀女作家對傳統婚姻表現出的抗拒，以及對父權體制中的女性命運所作的批判，都在自傳體─「我」─這個主體性詞彙的重覆使用中，得到深刻強化的效果。自傳與日記的寫作既作為女性主體建構的工具，那麼對女性而言，「書寫」本身已帶有性別和權力伸張的印記，具備了強烈的抵抗意識。女作家透過文類互涉和語言的運作，達到形象生動地傳達自我解讀與人生經驗的型塑，並強調個體意識的顯揚。

謝冰瑩來自傳統的舊家庭，其性格與人生道路多半決定於童年時期，作家曾自述，小學時期即愛上了《水滸傳》，即使母親視之為「邪書」，百般阻撓，還是抵擋不住她閱讀的熱忱，她說：

> 禁止我看小說是不行的，即使成了瞎子，我也要看。
> 我完全像個男孩，一點也沒有女孩的習氣，我喜歡混在男孩子裡面玩，排著隊伍手拿著棍子操練時，我總要叫口令，指揮人，於是他們都叫我總司令。我常常夢想著將來長大了帶兵，在高大的馬上，我佩著發亮的指揮刀，帶著手槍，很英勇地馳聘於沙場。

她反對裹足，反對穿耳，儘管還不知「男女平等」為何，她依然以激烈的手段爭取上學的機會。在「五四」那個風起雲湧的狂飆年代，她奮

勇地參與激烈的演講，因而治癒了口吃與緊張的毛病。她主張宗教自由，為了不在教會中學於國恥日做禮拜而遭到退學，她反對帝國主義的侵略而上街遊行。為了追求自由，她曾經一度自殺，四次逃婚……，這些激進的思想與言行，都被載於一位十來歲的少女日記裡，湘西家人說她是「不怕天不怕地的聰明女孩子」：

> 那時的黃花閨女是不能出門的。可鳳寶不管那個，家裡關不住她。她把家看成籠子，她非要出去不可。

「家」在謝冰瑩眼中是女性的禁錮場，所以她要逃離。她在寫給母親的信上自稱「逆子」，她說：

> 時候到了，我有重要的事去做，媽，不要拉住我吧！
> 五年前我所以毅然決然脫離家庭關係的原因，完全為了你要送我入虎口，你要妨礙我做人的自由……，你硬要我跟著你過著封建社會的生活。

在五四反封建禮教的聲浪中，她忍痛叛離母親，成為一個逃家的逆女。她所要逃離的是媽媽一直以來的命運：「舊的腦筋，舊的思想，舊的生活……。」她要追尋、創造女性一生的完美與幸福，所以忍心讓牽掛她的雙親度過了淒清的暮年，並且甘心在軍旅生涯及逃難過程中挨餓受凍。

作者以日記體的寫作方式寄託其新女性的自我意識與思想上的解放，行徑上或許還依賴著男性的慣例及其乖僻作風，然而《從軍日記》仍是五四到後五四時期，追求新文化運動的女性讀者，和亂離歲月中尋找新

價值、新秩序者的精神支柱。謝冰瑩在
當時為追求新知識與逃避傳統的媒妁婚
姻而離家出走。她作為時代潮流下的新
女性，表現在具體的行動中，便是實際
參與戰事，每天行軍八、九十里路，晚
上睡在稻草堆裡，懷著和男子一樣保衛
國家的決心。而她的筆亦隨著她走到那
裡，寫到那裡。

　　文學曾給予她最大的力量，宋代朱
淑貞的斷腸詞成了她的最愛，法國莫泊
桑小說裡的愛國思想，亦是鼓舞她前進
的能源。她說：

　　　我的作品主要是紀實的。日記、
　　傳記文學當然必須完全真，就是
　　小說也必須有真實的模子。

圖2-9　謝冰瑩不僅實際參與戰事，每天
　　　　行軍八、九十里路，而且與男子
　　　　一般懷抱著保家衛國的決心。

　　「真實」與「紀實」的寫作理念，
即是五四時期女作家對文學所付出的滿
腔熱忱。三〇年代的女性懷著叛逆的熱
血，從鄉村到大城市裡求學、謀生。她
們所面臨的種種問題：理想之高遠，實
際生活卻又捉襟見肘，再加上一介女流
侈言對社會國家的貢獻，卻又不知從何
做起。她們所擁有的是貧窮與熱情，前

追尋，漂泊的靈魂

者使她們在長期戰亂流離的歲月中漂泊，甚至連返鄉都成了奢侈的願望；而後者則表現在落入愛情處境中的矛盾與複雜心情，擁有自由戀愛的人，其結局有時甚至比接受傳統的包辦婚姻更令人難堪。然而堅持文學反映現實生活的理念，卻又是她們共同的體認。

而謝冰瑩從軍日記中，描寫女兵戀愛的心情，則更具有側面探討軍中文化的作用。文中記載著她與其他同袍們收到情書時羞赧又促狹的成長故事：

> 我彷彿在演戲，裝出無可奈何的樣子。
> 「你要知道你是個革命軍人，你的責任很大，不可以談戀愛……」
> 「報告連長，不要冤枉我，我是最討厭戀愛的，下次再有信來，由連長去代拆代行好了。」
> ……
> 「××同志：
> 萬分感謝你的回信，我太高興了！你的筆跡是多麼娟秀而有力！你是個聰明的才女，又是個

圖2-10　民國十五年起，謝冰瑩投身於軍校，十六年隨軍北伐，她的《從軍日記》被翻譯成多國語言，不僅使國際人士逐漸了解中國女兵的心聲，同時也在五四以後的新文學史上，留下了女性追求主體自由與發展自我意識的新扉頁。

勇敢的戰士，我太欽佩你了！我想最近去看你，親自向你領教，不知你討厭不⋯⋯？」

「當然討厭！」

舊時代的女性缺乏戀愛經驗，而新女性作家運用了日記體裁微觀女性情思，表達她們在愛情關係中的徬徨，此時的代表作尚有丁玲《莎菲女士的日記》。此外，日記的內容也印證了她們對一切自由的嚮往與熱烈追求。

民國十五年謝冰瑩投身中央軍事政治學校（前黃埔軍校），十六年隨軍北伐，她的《從軍日記》亦於此時刊於武漢的《中央日報》，並獲得林語堂的推賞，譯介到英語世界，國際知名作家羅曼・羅蘭等人因而與她通信，表達賞識之意。日本人枝籐大夫將《女兵自傳》選為教材，美國及法國均有學生研究這本著作而獲得碩士學位。謝冰瑩於是創造出有別於古來中外男性戰爭藝術之強調孔武、戰略、兵法，在蔑視女性的潛在意識中，突顯炮火、煙硝與內心積壓悲愴情緒的書寫模式，謝冰瑩的女兵題材使我們得以看到，近代女性追尋主體自由的過程及其強烈的自我意識。

亂離娜拉

——孟瑤

難道你真的從此要生活在丈夫的施捨下？尋回你的獨立與驕傲！去過一個有尊嚴的生活而不要依靠誰！記得嗎？那個出走的娜拉？

——孟瑤

承續蘇雪林、謝冰瑩等人的覺醒意識，而以小說書寫尋找女性出路的女作家及其作品，可以孟瑤的《這一代》為例。小說中的吟秋是一位受過高等教育的重慶女大學生。她的思想開明，能力也不亞於男性，在抗戰時期，乘著小舟從沙坪壩渡嘉陵江到重慶，歷經艱難險阻，九死一生。她的女性自覺表現在與方翊的離合。她因愛方翊而與他聚首，卻在發現難以相處時，毅然離去。

她不願改變自己去遷就別人的生活。

（孟瑤，1969）

追尋，漂泊的靈魂

小說中的女性主體性形象的塑造是後五四時期女作家追求自我實現的重要展現之一。同輩女作家徐鍾珮於六〇年代初辭去記者的職務，隨夫婿旅居國外後，也曾敘述相似的心境：

> 去國後一身如寄，我頂著人家的姓，自己的名字，逃得無影無蹤，所有記者朋友全給留在國內。而這裡一切生疏而熟悉的環境，令我想起當年在英國海外的記者生涯，於是我倚著窗，想破窗飛去。（徐鍾珮，1961）

女性將自己一生輾轉漂泊的命運，與在異地花果飄零的無根狀態，周旋於職業與家庭之間的徬徨，對掌握自我生涯的欲望，藉著小說中女性角色之自我意識的形塑，娓娓道來。女性追求願望的完成與自我實現，一直是文學作品裡重要的訊息之一。戰後初期大陸來臺女作家一方面具有高等學歷背景，同時接受五四洗禮，爾後的渡海經驗，在在成為她們的小說中女性啟蒙意識與書寫的養分。她們將女性塑造為走出自己命運

圖3-1 女性追求願望的完成與自我實現，是五四文藝作品中的重要訊息。（圖為陸小曼）

的新一代人。在追求實現自主的遠景，以及追尋自由的過程裡，顯揚女性的聲音、成長與經驗。

　　一九五〇年代當瓊瑤的言情小說風靡全島時，另一位與她同時的學人小說家——孟瑤，則顯得岑寂許多。她不僅是當時臺灣書寫浪漫愛情小說的發端，著作等身，同時也在師範大學、中興大學等學校任教於中文系。課餘時喜好京劇，對於崑曲尤擅勝場。戰火的摧折使她澹泊名利，對食衣起居樸素儉約。她說：

> 我很感謝艱苦歲月、烽火戰亂，及一切磨難給我的歷練，數十年來，如影之隨形，響之隨聲。現在我一聽到別人叫苦，就想起《詩經》上說的「誰謂荼苦？」的心情，只有吃過真正的苦，才能不在乎苦的滋味吧？（姚儀敏專訪，1991）

　　因為離亂烽煙的磨難，使孟瑤對人世情誼有了更多更深的體會，儘管她從小即對文學創作有濃厚的興趣，然而正式以作家身份踏入文壇，卻是渡海來臺以後的事。

一、逃家與離鄉——娜拉精神的實踐

　　遷臺後甫數月，孟瑤即向《中央日報》的「婦女週刊」投稿，第一篇文章提為〈弱者，妳的名字是女人？〉，文章細述女性夾在自我發展與顧全家庭之間的掙扎與矛盾，更因母職與妻職使女性屈膝低頭而提出強烈的控訴：「她多麼篾視『母親』與『妻子』這光華燦爛、近乎神聖的誘惑啊。而這可怕的兩個陷人坑，誰要邁過了它，震爍古今的勳業，便也隨著完成了。」（孟瑤，1950）其後她在小說《危巖》裡，還特別針對婚姻，提出五四時期女性普遍的警語：

難道你真的從此要生活在丈夫的施捨下？尋回你的獨立與驕傲！去過一個有尊嚴的生活而不要依靠誰！記得嗎？那個出走的娜拉？（孟瑤，1953）

五四新文學以來，國人對傳統家庭結構及其根深柢固的觀念在個人自由發展空間上所造成的箝束，已有深刻地體悟。尤其是女性在這波浪潮衝擊下所作的反思更為徹底，以「母親」這個主題為例，張愛玲曾說：

母親這大題目像一切大題目一樣，上面做了太多的濫調文章。普通一般提倡母愛的都是做兒子而不做母親的男人，而女人，如果也標榜母愛的話，那是她自己明白她本身是不足重的，男人只尊敬她這一點，所以不得不加以誇張，渾身是母親了。其實有些感情是，如果時時把它戲劇化，就光剩下戲劇了，母愛尤其是。

圖3-2 五四新文學史上的重要刊物《晨報副鎸》

渡海來臺的女性菁英在受到五四文化運動的新式教育啟蒙後，性別意識特別強烈。從大陸到臺灣，她們在離家之後，始能將「家」視為一種辯證的概念，故鄉與異鄉在實質的移位與地域的認同之間，強化了女作家在五四新文化教育中所認知到的女性主體再定位。

針對孟瑤在《危巖》中所述及的「娜拉」，我們且看胡適在〈易卜生主義〉中所引述的《娜拉》第三幕：

> （郝爾茂）……你就是這樣拋棄你的最神聖的責任嗎？
>
> （娜拉）你以為我的最神聖的責任是什麼？
>
> （郝）還等我說嗎？可不是你對於你的丈夫和你的兒女的責任嗎？
>
> （娜）我還有別的責任同這些一樣的神聖。
>
> （郝）沒有的。你且說，那些責任是什麼？
>
> （娜）是我對於我自己的責任。
>
> （郝）最要緊的，你是一個妻子，又是一個母親。
>
> （娜）這種話我現在不相信了。我相信我第一我是一個人同你一樣。——無論如何，我務必努力做一個人。（胡適引述，1918）

胡適這段引言精闢地將女性覺醒後的想法表達出來，其中最震撼人心的一句話，莫過於「我是一個人正同你一樣」。

易卜生的個人主義在中國五四時期引發熱烈的迴響，傳統社會以禮教壓抑個人行為，以經文箝制讀書人，以家族制度束縛個人自由，「娜拉出走」的引介因而扮演了啟蒙的角色。娜拉不合傳統禮法的行徑，成為民初知識份子攻擊傳統禮教的有力武器。「娜拉的出走」使得婦女解放運動從抽象的男女平等概念走向實際的行動，諸如：反抗父母之命、媒妁之

言而追求婚姻與戀愛自主等。「娜拉」之名遂逐漸在中國成為五四「新女性」的代名詞。而易卜生藉娜拉之口表達女性對「獨立生存」（to stand alone）的需求進而被胡適提出後，更從戲劇層面粹煉出女性自覺的啟蒙精神與中國知識青年的反抗意識。五四文人將女子問題納入反傳統、反舊制的廣泛課題中，作為個性解放下的支流，視女性意識為中國現代化的初步萌發。

當時局由五四進入北伐，政局的轉變相應了意識形態的變遷，五四後期，易卜生效應遂在文學作品中進入了流變期。魯迅以他擅長的小說形式，在《傷逝》中道出他對中國婦女解放運動的悲觀，猶如他在〈娜拉走後怎樣〉一文中所云：「娜拉或者也實在只有兩條路：不是墮落，就是回來。」這表示魯迅對當時中國現狀的失望，而五四時期人們的熱情與理想，其實說穿了，不過是一場夢！「人生最痛苦的是夢醒了無路可以走。做夢的人是幸福的；倘沒有看出可走的路，最要緊的是不要去驚醒他。」魯迅冷靜地觀察當時中國女性痛苦地徘徊於夢境與清醒之間，因而發出沉痛的剖析。

繼魯迅之後，以「娜拉精神」創作小說而展現另一層面寫實意義的作家及作品，可以茅盾（沈雁冰）的《虹》為代表。這部小說的特色在使人們首次體認到《娜拉》一劇的其他角色所呈現的精神面貌。亦即柯士達與林敦夫人，他們是娜拉與郝爾茂的對照組，從歷經風霜到相愛結合，與娜拉的情感破裂收場，剛好相反。而當時中國的情勢正值後五四時期，革命文學進一步策動群眾，將這些出走的娜拉們帶入五卅運動，使婦女解放與革命結合，打出「革命為先，戀愛次之」的口號，繼之而起的女作家及其作品，如：盧隱的《海濱故人》、馮沅君的《隔絕》，乃至於丁玲的《夢珂》、《莎菲女士的日記》……等等，均不難令讀者發現其間以女性視角所提出的獨立意識，正與現實環境中女性因走入群眾而再度失去自

我，所發展出的掙扎與角力。由於中國的危亡繫於革命的時代趨勢，使得呼嘯狂熱的易卜生主義者走向了革命陣營，並將所有的娜拉們改頭換面成了一群群報國第一的花木蘭。而當時的女作家群多數在教育上雖深受五四影響，然實際行動卻仍在根深柢固的傳統思想間徘徊，尋找著自我定位。

從近代史的角度觀之，許多受到自由思想洗禮的知識份子，面臨自由主義與民族主義擇優處之時，亦不免暫時或永久地選擇救亡圖存以解決內憂外患的燃眉之急。然而歷史的教訓是，其所放棄的啟蒙思想與自由理念卻往往是日後獨裁政治滋長的縫隙。娜拉精神在後五四時期的再度展現，在戰後初期渡海來臺的女作家身上浮現端倪。她們在大陸上經過新思潮的洗禮，並帶著五四以來的女性意識進入文壇，在書寫愛情、成長與家庭經驗的同時，將娜拉的出走精神反映在臺灣戰後文學的鏡像中。

二、女性烏托邦在臺灣的實現

五四時期人們提出：「女人也是人」的口號。事實上夏綠蒂・柏金斯・吉爾曼（Charlotte Perkins Gilman）女士早「五四」前四年即已寫就一部女性烏托邦的諷刺寓言——《她鄉》，藉由三名男性科學家代表社會既定成見，透過他們在她鄉的遭遇，來檢討傳統社會以男性為主體的價值觀，同時提出女人為「人」的信念。

書中描述男子們帶著錯誤的假想和自以為是的策略進入一個陌生的國度，他們自以為能客觀科學的觀察事物、以浪漫的想法美化女人，並進而征服女人，享盡風流韻事。當男子進入這個完全陌生的國度後，才發現自己的無能和無助。他們在脫逃無門下，只好認命學習她鄉的語言和文化。在得到某種程度的自由後，結交初次邂逅的少女。然其所處的地位，

47

就像他國的婦女一樣，必須壓抑自身的需求，調整自己去附庸在配偶之下。因此本書完成了顛覆男尊女卑的社會傳統架構。

吉爾曼筆下的三名男性以為自己面對的是野蠻落後的民族，一致認為整齊有序的國家需要男人方可建立，對他們而言，女人是不需要防範害怕的，因為她們一向扮演的都是需要被保護和柔弱的角色。和他們不同的是，她鄉的女人並不訴諸於男性的暴力來保護自己免受外力的欺侮，而自詡為「文明的」訪客其實不比野蠻人高明多少，他們不過是用了棍棒毒箭與槍炮一類的武器來征服他人。

書中對性別的定義也提出新的看法。作者指出人類一些高貴的品質往往歸屬於男性，例如：慷慨、勇敢、智慧、強壯、創造力、可靠……。一旦女性擁有這些品質，很容易被貼上「男性化」的標籤。吉爾曼藉由當三名男子被抓時，原本以為應該「像男人」一樣的掙扎，結果反而是「像女人」一樣被安全地簇擁著來消解所謂「男性化」、「女性化」的定義。她鄉的女子無須取悅男人，所以可以自由發展，因而使人反省道：「我們堅信深愛的『女性魅力』根本不是女性，而只是反映男性的特質——為了取悅我們所發展出來的。」

她鄉的女子聽到「處女」這個名詞迷惑不解，更迷惑於同一詞彙是否可用在雄性身上。作者設計出男人深陷於她鄉的女人天真的問題裡，逐漸發覺他們原來的社會存在的性別歧視和雙重標準。在她鄉，「母職」非天生的或直覺的的產物，而是經過理性選擇的結果。這也使人醒悟到我們不斷美化母親的角色，只是把女人關在家裡做奴隸，卻難得思考母職或親職的培育問題。

吉爾曼女士強烈認為愛護教育孩子是社會大眾的共同責任，因為他們關係著日後文明的進步和發展。在此女人各有特長，專司不同的社會職務，育嬰的事業由最優秀的人才掌管。她們為了孩子的利益發展出緊密的

互助關係，與牢不可破的姊妹友誼。她
們強調的是「社會／社區」，她們的希
望和野心也不僅是個人的利益，因此，
其文明也就高過以男性統御的文明——經
過『物競天擇』，戰戰兢兢地跑到別人
前頭，而使少數人暫居上風，而多數人
不斷地被踩在腳下的社會形態，進而導
致階級與意識的仇視與對立，於是引發
社會動盪。

　　她鄉文明從兩性並存的社會來探討
婚姻，吉爾曼認為如果「人」的共同意
識裡不僅只有男人，同時還包括女人，
那麼兩性互相幫助成長的社會遠景仍是
令人期待的。我們若以「她鄉文明」來
解讀孟瑤的小說《亂離人》與《浮雲白
日》，便可於文本的敘事觀點中省視作
家如何巧妙地將他鄉轉化為流亡女性心
目中理想的生存空間，並探討作者在愛
情的追求與對婚姻的質疑上，如何發展
其個人的價值取向。

　　若以歷史縱伸的角度來看臺灣。
中國向來以陸權為主，即使當年鄭和下
西洋，也旨在炫耀大陸文明。直到明鄭
時期，才真正面臨海權與陸權的交鋒。
一六一六年，當明鄭退守臺灣，臺灣及

圖3-3　在「她鄉」，每一位女性各有特長，並不是被侷限在僵化而特定的環境中。

金、廈兩島成為閩省之鑰，此一根據地擁有強大的水師部隊，更掌握了遠東海域的國際貿易，為明鄭帶來厚利。

明鄭之前，臺灣是荷蘭人的金銀島；明鄭時期，轉為生聚教訓的屯兵基地。臺灣，這座島嶼古來被賦予豐富的想像與傳說，她是令人神往的蓬萊；也是獵人頭的化外之地。千百年來，她確實承載了中國人對海洋的恐懼與幻想。在清初文人郁永河的旅行筆記中，這裡曾是蠻荒與瘴癘的恐怖世界；在日據時代西川滿的小說裡，則幻化成殖民者慾望燃燒中的亞熱帶異國南方樂園。

《亂離人》是孟瑤一九五八年發表於《自由中國》的作品。小說敘述女主角友湄一家因父親戰死而接受了古泉的照顧，但是友湄卻愛上了心治。這段原本不可能的戀情卻在時局動盪與家國不幸中，展現了一線曙光。為了躲避既定的人際關係而逃往遙遠的臺灣以成全相愛的人。臺灣在客觀條件上也就成了當時犯禁鴛鴦同逃的愛情復興基地。

梅家玲針對外省女作家作品中的臺灣形象做出如下的界義：

> 這個蕞爾小島的意義其實並不僅止於暫時歇腳的跳板。在為數可觀的女性文本中，臺灣代表一個療傷止痛的空間，沈澱洗滌過往的錯失與罪愆；更重要的是它象徵一個希望的溫床，對女性而言，尤其是再出發的起點。（梅家玲，2000）

歷經戰亂漂泊來臺的女作家在大陸因受五四浪潮的洗禮，於是得以啟蒙後的新視野重新省視婚姻與家庭。以孟瑤於一九六二年獲得教育部文學獎的《浮雲白日》為例，故事內容描述了一群自大陸來臺的女性形象及其生活。小說題材在作者大膽地實驗下，創造了一座「女兒國」藉以取代傳統的家庭制度。在這項創新實驗中，組成家庭的五位女性各有各的價

值觀和生活方式，如同「大觀園」一般地展現出不同的人物風韻與情愛糾葛。文中作者將她們描繪成五朵不同意象的花：

> 胡家一對姊妹花，愛著泥土的芳香，向地面發展，住在樓下；
> 艾青阯是一株睡蓮，隱藏起污濁的泥根，拚命的伸出水面獻
> 豔，她十八歲的女兒正是一個青青的澀澀的蓮蓬，還有她的秘
> 書現在又兼在一所中學裡教書向潔，是一朵祇須一泓清流就能
> 繁榮起生命的水仙。這三條生命都向長空仰戀，她們住在樓
> 上。（孟瑤，1962）

　　小說人物在孟瑤筆下也呈現出不同的感情生活；有政界名流遺孀與官場名人的地下情；有天真小女孩兒對野心分子的癡戀；也有知識份子柏拉圖式的精神戀愛……。同時，愛情關係的組成也比孟瑤在大陸時期的文本要複雜許多，其中包括了買賣式的婚戀、同情憐憫的姊弟情、含蓄蘊長的情誼，以及婚外的不倫之戀……。她們走出傳統家庭的局限，將女性意識進一步擴展成女性在流離失所的異鄉，自然生發出相互間的照顧與慰藉。這一「家」五口人在情海浮沉中所稟承的信念就是「自由」，並將其對於自由的追尋表現在勇於爭取愛情的自主與對於婚姻的質疑上。大陸渡海女性從戰亂中遠離家園，在「五四」前衛思潮的簇擁下，將權作流亡避難的臺灣轉化為一個具有姊妹情誼的理想國，實現了她們從大陸時期一路走來始終不曾放棄的自由願望。
　　「女兒國」的文學淵源可上溯至《西遊記》與《紅樓夢》等古典名著。而現實生活中雲南麗江瀘沽湖（「母親河」之意）畔便有一座女兒國。摩梭人，被稱為「最後的母系群落」，其家庭以女性為中心，而母系大家庭的人數一般都在十人左右，這些家庭成員均為同一個或幾個外祖母

的後裔。在他們的家庭觀念裡，男不娶，女不嫁，他們的婚姻被稱為「阿夏婚」，亦稱為「走婚」：夜間，女子在家中接待來自男方家庭中男性成為她們的小「阿哥」，其間偶居所生子女，皆屬女方，血緣以母系為主，財產按母系繼承，女性在摩梭族裡備受崇敬。千百年來，摩梭人保持古老的婚俗，成為人類學家不解之謎。或許是大山重重的阻隔，使他們成為化外之境。然而這種完全建立在感情基礎上的走婚，自有它符合人道精神的特性，或許才是它被存下來的意義。摩梭男女相愛便在一起，不愛了，也是和和氣氣地分手，沒有子女和財產的爭執，與自詡為高度文明的一夫一妻制相比，孰為合理？確實值得初步走出傳統性別位階的現代人借鏡與深思。

　　孟瑤作《浮雲白日》，將渡海來臺，無依無靠的流亡女性在臺灣相互扶持的生活困局，巧妙地轉化為姊妹情誼的女性理想烏托邦，用以取代傳統的父權家庭制度，相較於傳統閨秀的婚姻觀，則不能不說是前衛的

圖3-4　女性群聚的生活，成為中外文學作品中，作家描摹理想國度的具體影像。

新主張。這是流亡經驗與女性觀點結合下，最典型的範例。其後，陳若曦
關注理想中國，從原鄉烏托邦的幻滅到徘徊於兩岸之間，從臺灣鄉土的關
懷，到文革經驗的轉折……，她筆下那些充滿理想化的中國婦女因而形成
另一種女性烏托邦，使我們看到理想主義與寫實主義在女作家寫作生涯中
進一步的結合。此後，叢甦與於梨華早期的流亡經驗，在她們定居美國以
後，化為海峽兩岸留學經驗與新移民的新興文學課題，分別表現於叢甦強
調內心世界的存在主義思維，和於梨華關心婦女的人際關係，亦著重平實
的家居生活，凡此種種，均可視為自孟瑤以來，女性理想國之創見與抒發
的繼承與轉進，使女性、遷移、家庭與婚姻等文學主題發展出史學的演變
意義。

三、「家」的雙重認同

　　一九五〇年代外省女作家在戰亂中被迫離鄉背井，其間因與黨國的
依存關係而使她們的處境既遠離實質的家鄉，又與文化母體的關係至為緊
密。她們對臺灣的認同意識和心目中不斷重新定位中的「家」息息相關。
過去的記憶裡與現實生活中的兩個「家」逐漸佔有等量齊觀的地位。迢迢
渡海而來的「娜拉」，不斷地緬懷大陸故園的一草一木；同時也在臺灣尋
訪著實踐她們主體自由的桃花源。

　　如同林海音童年時代的北京城在女作家筆下顯得純樸喜樂；身在臺
灣的孟瑤，也時常以微物書寫，表達她對家鄉的懷念：

> 很奇怪，我現在回憶裡盡是在南京打發童年的那段生活。記得
> 從我家後門出去，就能望見秦淮河，小時我常在河邊看船，特
> 別是愛看一些舊東西，譬如像井、油燈、碎石路……還有隔壁

的織造府，一間老舊機房裡，水聲的咿呀聲，機杼的扎扎聲，嗯，我想像著一個人坐在上面「拉花」，一個人坐在下面「投梭」，一幅聞名中外的織棉緞便慢慢完成。還有呢，一群歡歡樂樂的婦女養她們的蠶寶寶，採桑、繅絲……一幅古老社會的行樂圖，再加上「槳聲燈影的秦淮河」，人聲嘈雜的夫子廟，騎驢登山，採蓮下水，太美了，太美了。……（姚儀敏專訪，1991）

　　往事伴隨著烽火與苦難，在她的沈緬低吟中緩緩浮現：嚴肅的父親、無憂的童年、活躍的大學生活，以及到鄉下教書的田野經驗……，在在使她心醉神馳。其中亦包含了記憶中舊社會封建勢力對自由婚戀的箝制，此時臺灣成為外省女性愛情場域的隱喻，蕞爾小島被塑造成大陸青年男女獲得平權與和解的空間。藉由書寫愛情，女作家從避難的過客心態轉變為臺灣社會中內生族群的一員。臺灣社會的父權體制並不一定作用在這群無親無靠的外省人士身上，她們擺脫了故鄉家族的宗法約制力，視這座島嶼為人生的新起點和生命裡的世外桃源，在歷經重重艱難險阻之後來到這裡，將古來極富神秘的海洋文化空間以文學和美學的意象，填補曾經失卻的情愛人生。

（一）黨國依存與返鄉道路

　　一九四九年之後，臺灣文學中的時序動亂之感與江山今昔之歎，在許多作家的歷史意識書寫下逐漸蔚為大觀。例如：余光中擷取屈原委婉表達蕭條異代的惆悵，因而寫下〈小小天問〉，周夢蝶援引杜甫動亂歲月中的鄉情而作〈秋興〉，他們所表達的是歷來亂世詩人放逐／回歸的永恆主題。

余光中祖籍福建永春，一九四九年離開大陸，負笈漂泊臺島，自六
〇年代起創作了許多懷鄉詩，其中爭誦一時者，如：「當我死時，葬我
在長江與黃河之間，白髮蓋著黑土，在最美最母親的國土。」詩人以當時
憂國懷鄉的時代氛圍，發出環繞在地理、歷史和文化等感性中國的深情眷
戀。余光中於二十一歲離開大陸前，已於南京生活了將近十年，紫金風光
與孔廟儒學的薰陶，滲透了他的血脈。他受過傳統經史的涵養，也接受了
「五四」新文學的洗禮，抗戰時期亦曾輾轉流離於嘉陵汀、巴山之間。余
光中說：「如果鄉愁只有純粹的距離而沒有滄桑，這種鄉愁是單薄的。」
七〇年代余光中在臺北廈門街居所內寫下了〈鄉愁〉：

> 小時候，
> 鄉愁是一枚小小的郵票，
> 我在這頭，
> 母親在那頭；
> 長大後鄉愁是一張窄窄的船票，
> 我在這頭，
> 新娘在那頭；
> 後來呵，鄉愁是一方矮矮的墳墓，
> 我在外頭，
> 母親在裡頭；
> 而現在，鄉愁是一灣淺淺的海峽，
> 我在這頭，
> 大陸在那頭。

余光中低首沉思、舉首遠眺，感念故園。詩的前三句思念的都是女性，最後以大陸為「母親」，於意境和思路上豁然開朗，一揮而就，寫下了「鄉愁是一灣淺淺的海峽……」。隨後，臺灣歌手楊弦將余光中的〈鄉愁〉、〈鄉愁四韻〉、〈民歌〉等八首詩譜曲傳唱。余光中說：「詩比人先回鄉，該是詩人最大的安慰。」他的鄉愁發自對民族的眷戀與深情：

> 我後來在臺灣寫了很多詩，一會兒寫李廣、王昭君，一會兒寫屈原、李白，一會兒寫荊軻刺秦、夸父逐日。我突然意識到，這些都是我深厚「中國情結」的表現。
>
> 我在大陸大學演講時朗誦我的詩〈民歌〉，「傳說北方有的民歌，只有黃河的肺活量才能歌唱，從青海到黃海，風也聽見，沙也聽見」，在場的學生和我一同應和，慷慨激昂，這就是我們的民族感情。

圖3-5 「鄉愁是一灣淺淺的海峽……」余光中道出了一代亂離者的心聲。（圖為殷海光）

　　余光中回憶抗戰時期日軍大肆轟炸重慶，同胞受難，人民同仇敵愾，「只要唱起『我的家在東北松花江上』、『萬里長城萬里長』，都會不禁淚流滿面。」為此他曾寫下：「關外的長風吹著海外的白髮，飄飄，像路邊千里的白楊」。同時他仍以「藍墨水的上游是黃河」來表明他的文學傳承與家國論述。他曾經留學美國，詩文創作中也受到西方文學的影響，但是傳統文化的餘韻以及對於國土民族的緬懷，並深受《詩經》以降，至於近代臧克家、徐志摩、郭沫若、錢鍾書等名家作品的影響，也都是明顯的事實。他說：「我以身為中國人自豪，更以能使用中文為幸。」「燒我成灰，我的漢魂唐魄　仍然縈繞著那片厚土。」在他心目中，無窮無盡的故國，壯士登高的九州，英雄落難的江湖，便是他許多年來，所以在詩中狂呼、低囈的中國。

圖3-6　流寓臺灣的遊子都不免感時憂國之思。（圖為雷震（中後）與友人）

來臺定居後，余光中面對西子灣優美的環境和緊鄰壽山的景致，每每憑窗而立，直視海峽西面，腦海浮現身在臺灣、眺望香港、守望大陸的心境。

遷臺遊子再也等不到河晏海清、生歸田園的願望，定居臺灣的事實使他們感到進退兩難，漂泊失根的景況愈加沉重鬱抑。張錯因而說道：

> 所謂漂泊，並不限於地域或個人的行止，實也包含了「心情」。多年來宛如花葉飄零，在流浪的歲月裡，多少都能隨遇而安；但長久漂泊的心情，卻來自一顆懷有高度警覺而又脆弱的心。

長期漂泊亂離的人最大的困境還非生離死別，而竟是在身份界定上的尷尬，與對土地的疏離。

> ……做一個中國人本來就簡單得見山是山見水是水，但歷史的謬誤，國運的乖離，時間的失誤，空間的變調，種種人為的陰錯陽差，卻讓我感到見山非山，見水非水。（張錯1986）

國府遷臺後，詩人在作品中填滿了離恨鄉愁與對國土的遙念。蔣勳也因此寫下〈眼前即是如畫的江山〉：

> 辛稼軒啊辛稼軒
> 一千年了
> 我還覺得你的悲哀
> 也覺得你的孤單

像一根細細的線
牽著我回去
回到江南
夢中的江南
多雨多煙
許多紅蓮
我大喝一聲
從夢中醒來
這雙眼，淚猶未乾
……

小說家白先勇在〈一部悲愴沉痛的
流亡曲〉中也引用辛棄疾的〈菩薩蠻〉
來自喻內心的鄉愁：

一去故國，流離至今。心靈上的
飄泊，始終未得棲歇。

戰後大陸來臺的男性作家面對歷史
再度上演民族絕裂的事實，以國族悲劇
的觀點來抒發自身的流亡現象與放逐的
歷史意義，並引用屈原、杜甫、辛棄疾
等古來戰亂烽煙之間稟承言志傳統以濟
世的詩家精神，藉以隱喻自身的家國之
痛。在「光復大陸」的神聖使命過渡到

圖3-7 流亡寓臺人士體會了千年前辛稼
軒的孤單與哀愁，內心像有一根
細細的線，勾連起多雨多煙的夢
中江南。（圖為殷海光攝於臺北
居所）

落地生根於臺灣的過程中，屈原「亦余心之所善兮，雖九死其猶未悔」的「高潔好修」；杜甫「此生那老蜀，不死會歸秦」立志回到首都與朝廷，以求「致君堯舜上，再使風俗淳」的決心，直到「親屬無一字，老病有孤舟」、「戎馬關山北，憑軒涕泗流」的艱苦煩難；還有辛棄疾初以忠義孤奮、矢志收復失土所云：「壯歲旌旗擁萬夫，錦襜突騎渡江初。」以至晚年憾恨有家歸不得時悵然道：「江南遊子，把吳鉤看了，欄杆拍遍，無人會，登臨意」自《楚辭》、唐、宋詩人以降，文人才子的「憂患意識」不斷地為當代流亡詩人所引述，以道出他們從過客到定居者的處境與心聲。

反觀戰後初期大陸來臺女作家的土地認同，則與男性筆下的憂患意識顯出差異。羅蘭曾自述其隻身來臺的動機其實是想要「擺脫過去」：

圖3-8　當代流亡作家秉承誌的傳統，以古來烽煙亂離間所產生的詩文，隱喻自我處境。
（圖為雷震等自由主義人士合照）

離開一個生的地方，等於是放棄了一個熟悉的自己。而那種放棄，對我來說，也許是用「擺脫」二字更為恰當。尋常的惋惜與牽戀，被一種「不必再做無望的掙扎了」的心情所取代。（羅蘭，1995）

鄉土對某些女作家而言是不斷掙扎的地方，離開它來到臺灣便如同長期的困囚得到了一個「重新做人」的機會。蘇雪林也說：

到了臺灣，我倒像絕處逢生，獲得一個新生命。（蘇雪林，1991）

曾鈴月在《女性、鄉土與國族》中所指出：「歷史的際遇成就了戰後初期女作家群在臺灣社會的形成，對大陸來臺的女性作家而言臺灣不僅是避難的蕞爾小島，更是可以讓她們一展長才的自由空間。」（曾鈴月，2001）對於大陸女作家而言，臺灣原本是一個陌生而化外的小島，卻在青年時期的一場逃離中，成為開啟她們新生命的天地。從女性的眼光回首故土，童年、求學到婚嫁，一路伴隨著她們的是新文化所啟發的新視野，與舊社會壓制人心的惡勢力，雙方酣戰，使許多知識女性身心俱疲。

大陸來臺作家的國族論述，同歷來的流亡政權在本質上互相結合，支配者需藉全民與國家利益來建構以民族為號召的思維模式，並用以掩蓋其本身失勢的事實。統治者利用政治正確的國家主體想像，包括古來忠君愛國的情操，以持續其支配的正統性。而女性卻在渡海後始恍然領悟這是自己得以拋棄過往龐大包袱的契機。乘著一九五〇年代語言政策與文藝取向雙重優勢的羽翼，亦使她們得到書寫自我的遼闊天空。女性邊緣化的政治身份也使她們更有餘裕將成長過程所經歷的文化洗禮、亂離渡海、思鄉

情濃，以及重新適應新生活等心路歷程，轉化為文學作品，表現出亂離書寫中熱烈渴望的自由意識。

　　在歷史劇變中，人們往往將生命的窮迫離亂比況為時代的縮影，作家重溫新舊時代的風雲變幻，同時也為自己找尋新的定位。劉大任在〈晚風習習〉中追敘父執一輩的外省移民在國民黨藍色徽章的光芒裡叨念著故國河山：「武漢、昆明……八年抗戰，南京、上海……。」他們維持著傳統嚴父的威權，在拋不去的國族記憶裡存活。父子衝突的戲碼也就不斷地

圖3-9　從大陸到臺灣，中央研究院院士們得以再度聚首，對胡適等人來說意義非凡。

上演：「你懂什麼？你懂個屁！」「不聽教的畜生！」當代流亡於臺灣的男性難免陷落在歷史記憶、國家認同，以及政治角力的歷史黑洞中。從白先勇《臺北人》筆下幾乎「活在過去」的革命元老樸公，王文興《家變》中的「逆子」與「弒父」情節，到張大春小說《四喜憂國》裡北伐將軍之子維揚的「反抗過去」……。流亡既久，經歷戰爭洗禮的人們渴望「回歸」。然而，原鄉渺矣，離散者真實的歸宿在晚年返鄉探親後產生了週折變化。陳萬益探討臺灣老兵的思維時，稱他們是「隨風飄零的蒲公英」（陳萬益，1996），點出了中國現代史上的動亂造成人們「失根無依」的痛苦。牟宗三感嘆當代亂離人「無根」的困境：「現在的人太苦了。人人都拔了根，掛了空……人人都在遊離中。可是，唯有遊離，才能懷鄉。」（牟宗三，1970）苦苓為此在《禁與愛》中寫下：「這些士兵，承擔了歷史的苦難。」（苦苓，1985）隔離了四十年後的開放探親，並未讓這些人的苦難結束，作家柏楊說：在大陸的時候，左派說他是國民黨；到了臺灣，國民黨又說他是共產黨。許多和柏楊一樣在臺灣結了婚的人都在想：「將來回到故鄉，爸爸看見有妳這麼一個漂亮媳婦又有這麼漂亮的孫兒，真不知道怎樣高興呢！」（柏楊，1990）就在柏楊及其他外省人都被視為「臺胞」之後，「返家」的路程恐怕只有更加崎嶇了。於是柏楊在有意無意間說出了他的心聲：

> 「出門快一個多月了，有點想家。」
> 「你家不就是在河南嗎？」
> 「不，我家在臺灣。」（柏楊口述、周碧瑟執筆，1996）

從反攻的光熱裡頹敗下來的軍旅詩人，就地取材而寫成的風土意象，例如：覃子豪紀遊花蓮、紀弦強調鳳凰木與檳榔、洛夫歌詠愛河，商

禽甚至將臺灣小鎮比喻為溫暖的子宮……，都是異地遊子濡慕鄉土懷抱的明證。

（二）女性的歷史情懷與臺灣認同

渡海初期女作家對身處新環境的體認，顯得怡然恬靜。一九五〇年代當全島處於「一年準備，兩年反攻，三年掃蕩，五年成功」的戒備狀態中，戰亂的氣氛似乎並未滲入女性文本。徐鍾珮於一九五四年〈寫在前面〉裡說：「今日的臺灣，卻好整以暇的一派歌舞昇平氣象。」同一個年代，既是反共復國的年代，忽又成了太平的歌舞場？女性對時代的詮釋夾雜了在威權下的妥協與個人的感官體驗。對大陸移民來說，時空換置的適應與族群之間的溝通，都需付出相當的代價。而女性文本取向閒適與怡然的情調，則又使我們重新體認女性思維的內涵與本質。

一九五〇年代的渡海女作家在臺灣的書寫類別中，曾有一共同的現象，就是兒童文學的創作。除了蘇雪林和謝冰瑩之外，孟瑤結合兒童文學與歷史小說的寫作經驗，可視為女作家寄寓家國興亡之感的文學場域。孟瑤以本名揚宗珍寫下《楚漢相爭》、《三國鼎立》、《風雲傳——兩宋英雄兒女》……等作，前者為兒童讀本，後者為歷史小說，其內容融合古代經典名著，以闡發現代人感懷江山易守而身世飄零的創作意圖，是當代文學研究者較少觸及的議題。女性渡海書寫作品中，以簡潔生動的筆緻和扣人心弦的情節，深入歷史人物的思想感情，客觀描述中隱含了作者自身的亂離寓意，其作品不僅可視為激發兒童閱讀興趣的改寫與再創作，更重要的是，作品同時突顯了作家在歷史中找尋自我屬性與定位的人文價值判準，使兒童及成人在閱讀中，不自覺地接受了她們的文化觀與歷史評價。

儘管兒童歷史小說是建築在真實歷史背景上的虛構故事。然而它確實是讓現代人瞭解過往時代、社會與民族，以及世界多元風貌的三稜鏡。讀者藉此吸收鄉土意識與人文關懷，其成效也往往超越精闢的論著。戰

後初期，臺灣兒童文學極度缺乏，許多女作家因個人因素而投身兒童文學的編寫，藉由創作或改寫，打開一扇童話的窗，讓孩子進入文學天地，回到歷史的世界裡，馳騁遨遊，藉故事裡認識人生和人類文明在歷史中的進程。

　　成人世界的文學作品，其作者可以切身的經歷來刻畫離散經驗。然而在兒童文學的世界裡，作家又必須經由孩童的眼光來體察時代與人文，並以歷史情境交織兒童語言以加強描繪的生動性，才能掌握文學中時間與空間的美感。在兒童歷史小說的寫作上，戰後初期的渡海女作家共同負起了向下一代補白其經歷的教育責任。包括失敗和奮鬥的經驗，都是說故事者眼中兒童文學與歷史小說所應擔負的嚴肅使命。

　　五四以來，「尊重兒童」的觀念，以及「兒童是未來世界的主人翁」的口號，便時而出現於宣傳品及人們的口中，魯迅當年以「救救孩子！」為號召，鄭振鐸亦曾強調小學教師的文學使命：「小學校教員的創作，在學校裡曾經試驗過，而為兒童所深愛感興味的，我們也以十分誠懇來徵求。」然而教育

圖3-10　五四以來，許多作家透過孩童的視角體察時代的脈動。（圖為年輕時代的蕭乾）

65

界和文化出版業能給予兒童的優良讀物仍然非常有限。大陸在「文革」後的二十世紀八、九十年代，亦曾出現號召兒童文學的文章，如：一九七八年《人民日報》所載：〈大家一起來努力〉一文中提及：「期望小學老師掌握有利條件，多從事兒童文學創作。」另外一九八一年《東方少年》中亦曾有一篇〈給少年兒童寫東西〉，文中希望「有志獻身於少年兒童文學的人，不要脫離少年兒童而生活在他們中間，為他們寫出喜愛的、有助於成長的好作品來。」一九五八年，《延河》六月號的一篇文章──〈最適宜於寫兒童文學的人〉中直指：最適宜寫作兒童文學的人而在此領域發揮無窮潛力的人應該就是教師。

臺灣教育界也重視兒童文學的教育意義，省政府教育局於五、六〇年代成立「兒童讀物編輯小組」，負責編印各類兒童叢書。其中國文教師揚宗珍（孟瑤）的《楚漢相爭》、《三國鼎立》等作，便是由該組所出版的文學類書籍。它適合國小六年級的兒童閱讀，故事從秦始皇第一次出巡，至高祖返沛吟唱〈大風歌〉，文中穿插了張良錐擊秦始

圖3-11　魯迅當年曾以「救救孩子」為口號。

皇、陳勝吳廣揭竿起義、趙高指鹿為馬、韓信跨下忍辱、鴻門宴、蕭何月
下追韓信、楚漢相爭、楚霸王被困垓下、烏江自刎、呂后殺韓信……等具
連貫性的歷史故事。

　　這些作品在整體敘事結構上一氣喝成，細節處卻往往有作者更動史
實的痕跡。例如：「指鹿為馬」一事於《史記》、《通鑑》中均載於秦二
世三年，此時李斯已遭腰斬，然孟瑤的改編本卻於此處刻意讓李斯挺身而
出，指責趙高。此外，該作描寫沛公時，不但不以正面書之，反而將他的
起義與陳勝、吳廣一流並視，使作品呈現出作者主觀上對楚漢相爭的歷史
評價。孟瑤筆下的歷史故事與史實出入的文學性刻劃，是她貶抑趙高與漢
高祖，卻暗捧李斯、項羽的心態反映。作者從深宅大院的繡戶千金，倉皇
間，山河變色，獨身逃往海島一隅，遑遑不可終日間隨時準備將生命奉獻
給國家……。她們的歷史改寫或可視為亂離時代，作家的血淚心聲。孟瑤
貶抑得權勢者是非不分，而同情失國飄零的人，文中隱含了作家親身經歷
與文學的深刻寓意。龔鵬程於〈風雲傳導論〉中云：

> 畢竟，歷史小說是針對歷史事件進行小說家的「有意義之再
> 敘」，它並不以完全複現歷史變遷的原因與軌跡，從而獲得對
> 歷史有意義的理解。讀此書者，自不宜刻舟求劍，亦不可執筌
> 而忘魚，需知：從歷史的關鍵時刻，窺探歷史的奧秘與教訓；
> 從人物的典型中，樹立人我精神的標竿，這比考證史事重要得
> 多哩。（龔鵬程，1994）

　　孟瑤脫離史實以寄寓其歷史感懷，是曾歷經一場驚天動地變革的
人，對古老事件的強烈省思。他們由內地大江南北飽經流離，爾後凌空渡
海遷徒於臺灣，自此白手起家，在窄門淺戶的眷區生活裡，與同樣命運的

漂泊者相濡以沫。不平的身世使他們懷想起春秋戰國、楚漢三國、南宋時期……等艱苦歲月。《風雲傳》是作者有感於南宋的積弱、戰敗與賠償，卻同時造就了一個文化成熟的時代，由許多文學政治家所勾勒出的豐華年代。在構思的過程中，因感動於這樣一幅動人圖畫，所以寫下四十萬言的著作以表達其家國之慨。

中國南宋的文化內涵具有濃厚的北宋遺民南遷痕跡，這群移民曾使南方局部地區在一段時期內，染上相當濃厚的北方文化色彩。北宋末年，政治敗象叢現，其時卻正是都城開封文化發展達於鼎盛的時期。南渡之後，大批著名的文學家與藝術家隨宋室遷移南省，對當地的文藝發展產生了影響。宋末劉克莊憶敘道：「南渡詩尤盛於東都。」當年陳去非、呂居仁、韓子蒼、曾吉甫、趙師秀等人都是優秀的北宋流亡詩家，所謂：「堂堂陳去非，中興以詩鳴。曾、呂兩從橐，殘月配長庚。」即是宋元間詩人方回對北方籍作家的評贊。北地移民於南宋者，其詩人在文壇佔有重要的比率。又當時人記載江西臨川詩風概況時云：「南渡以來，又得寓公韓子蒼、呂居仁振而作之，四方傳為盛事。」

知識份子的集體流亡，造成文風興盛。在德國有法蘭克福學派一例。他們是一群流亡美國的失根者，從不同的研究領域出發，在經濟生活、社會心理及文學、史學、美學等不同學科交互辯證、衝擊下，激發出堅實的學說，對於意識型態一元論所造成的民族神話與獨裁政治進行深刻的反省，其論著成果多以英語發表，無形中也為文化交流帶來貢獻。

亂離文學承載文人神州陸沉之慟、故宮禾黍之悲。在歷代移步換景的放逐旅途中，從流亡者作文解愁的層層回應裡，人們將重新發現流亡者內在的個人情志與集體意象。將原本自然存在的地理圖誌，轉為策略性的知識傳述，用隱喻、象徵，今昔對應、虛實相生等筆法，發揮流寓生活中種種困頓者的反思。

以世界史觀之，形成大規模流亡
巨潮的時代，屬二十世紀。一九二〇年
至三〇年代，俄國、匈牙利、德國、義
大利、西班牙等集體主義統治相繼革命
之後，典型的流亡潮便層出不窮。二次
大戰前後，希特勒鐵騎席捲歐洲大陸，
更有大批知識份子流向美國，至今學界
仍不斷地討論這種「強制性的文化交
流」，對美國社會知識文化的提升，所
造成的單向受益。

回顧中國古代歷史三度政治流亡浪
潮：西晉永嘉之亂、唐安史之亂，以及
北宋靖康之亂。這些流亡潮在北人、南
人權力消長之間，在背海立國的中央與
地方區域關係傾軋之際，對南方經濟的
開發與社會文化的發展等，都是重要的
文化課題。尤其是靖難之後，至蒙古滅
宋為止，長達一個半世紀，便是經濟文
化重心南移的關鍵時期。研究流亡者文
學，也是探究多元文化社會或非單一民
族國家之發展歷程與文明興衰的重要途
徑之一。

孟瑤的《風雲傳》曾著力改寫亂離
中南渡的宋代女性文學家──李清照。文
中將她描述成不懼權勢，勇於伸冤訴狀

圖3-12 魯迅攝於日本

圖3-13 二十世紀初的女革命家秋瑾也
是時代的見證者。

的女才子。作者有意形塑平時看似柔弱的女子，一旦遭逢困噩，即展現強韌的生命力。當年金人冊立張邦昌於汴京時，李清照大惡，詩云：「兩漢本繼紹，新室如贅疣，所以嵇中散，至死薄殷周。」她高亢悲涼、托古諷今之作乃是出於對宋室君臣南避偷安的氣憤，她説：「南來猶怯吳江冷，北狩應知易水寒。」「南渡衣冠少王導，北來消息欠劉琨。」「生當作人傑，死亦為鬼雄，至今思項羽，不肯過江東。」她上胡工部尚書詩云：「欲將血淚寄山河，去灑東山一壞土。」李清照的血淚之作，和她所遭逢的離亂時代是不可分的。當時上流社會的婦女以太后最為尊貴。北宋太后在政壇上亦堪稱舉足輕重，其時四位女主包括：劉后、曹后、高后，以及向后。李清照曾在女主統治下生活，於女子參政或許感到自然，又或許還能在生活中體驗到現實環境的險殆，並激勵她對國事的關心。

然而北宋婦女的地位，卻不比前朝。當時社會以男性宗法為中心，女人從屬之。女性為禮教所束縛的格局既定，而李清照仍以家世背景與婚姻關係，有機會參與朝政間的社交活動。她的童年及成長過程也不乏讓她施展詩文長才的機會。只是婚後北宋逐漸瀕臨危亡。欽宗靖康元年（一一二六年）金兵攻下汴京，徽、欽二帝被俘，朝廷南遷，李清照與趙明誠不得不在隔年金兵攻陷山東時，拋下大部分歷代金石書畫而南逃建康（南京）。從山東流亡到南京，沿途的風霜勞頓，趙明誠於建炎三年（一一二九年）舊病復發死於南京，那時李清照已四十七歲。兵慌馬亂中再度逃難往臺州（今浙江臨海縣）和弟弟敕局刪定官李远相依為命。親人死別，金石散亂，河山變色，五十一歲時李清照作〈金石錄後序〉時盡述亂離中顛沛奔波之苦，與回憶往昔之樂。

李清照的作品和她生逢國變，家破人亡，顛沛亂離的際遇有密切的關係。靖康之變將她的生活劃分為安定與亂離兩期。尤其是南渡以後的作品，將她個人在流亡生活中，所經歷的悲苦，對丈夫的懷念以

及對故鄉淪陷的慨嘆，反映在詞作上。〈武陵春〉云：「風住塵香花已盡，日晚倦梳頭。物是人非事事休，欲語淚先流。……只恐雙溪舴艋舟，載不動許多愁。」〈臨江仙〉云：「誰憐憔悴更凋零？試燈無意思，踏雪無心情。」作者在〈清平樂〉中吟道：「今年海角天涯，蕭蕭兩鬢生華。」還有〈菩薩蠻〉：「故鄉何處是？忘了除非醉。」李清照表現出流亡歲月、受難心情，是她個人的生活同時也與時代聯結。以李清照的流亡身世對照孟瑤的歷史改寫，她的兒童文學與小說創作，亦往往結合其天涯飄零的身世慨歎，以古喻今，因而掌握了歷史的重新詮釋，以見證時代突顯其改寫文本的思想意識。

圖3-14　秋瑾手跡，文中感歎祖國沉淪，與個人身世飄零。

　　五四以後，婚姻的問題既為知識界所關注，則當時的知識女性也曾高舉反傳統、反封建的大旗，而實存的處境卻使她們想要突破傳統的宿命與開闢女性解放的道路，形同艱鉅、嚴酷的挑戰！凌叔華筆下一群忠於傳統的女性，是在禮教與封建制度下不得自主的顯著例子：〈女兒身世太淒涼〉中的婉蘭、〈繡枕〉裡的大小姐……，她們在婚姻

中所扮演的角色等於是喪失了自主性而淪為男性的附庸，因而使其前途充滿了不確定感。

　　此外，某些女性的前途，卻在大亂流離中，隨著命運的支配來到了一個異言異行、文化陌生的島嶼。女性作家有感於值得書寫的是新文化時期人人歷經幾番周折的自由婚戀故事。相較於內地親情倫理的緊迫盯人，臺灣雖僅是暫時寄安的落腳處，卻也是得以喘息與再生的契機。這是孟瑤一系列歷史、言情小說出現在臺灣的社會背景。繼五四時期娜拉出走以後，懸而未決的戀愛與婚姻自由在她的言情筆調下得到了甜美的果實。而史實的改寫過程，也使作家為自我尋找到亂離中的寄託與定位。

　　政權分治下，離散作家群影響臺灣文學場域的現象，又有別於世界其他流亡文學景況。一九八〇年代大量「土斷臺灣」的主題出現在文學作品中。姚嘉文的《臺灣七色記之一：白版戶》即描寫五胡亂華時期，晉室南遷，北方士族落籍江南的故事。永嘉之亂後，東晉偏居江左，僑寓政權為了安撫流民而設置「僑置州郡縣」，這些地方「延用從前居用舊地之名而名之」，僑寓政權亦對僑民有種種優待。久之，造成本地居民的不滿。南遷士族初期多抱有即將北返、恢復舊井的心態，因此東晉政府只以「白紙」為籍，用來與當地土著的黃籍戶口冊區別。然而光復國土的神聖使命延怠於悠長的歲月中，口號逐漸失去實踐的意義，南方政府「自爾漸久，人安其業，丘壟墳柏，皆已成行，雖無本邦之名，而有安土之實。」（《晉書・范汪付子寧傳》）僑戶士族的特權造成省籍混淆的問題，更導致政府長期以來賦稅短缺。為了協調政治經濟利益的分配與族群融合，自東晉成帝到南朝陳文帝，二百三十年間，共實行十次「土斷」，猶如《陳書》所云：「不問僑舊，悉令著籍。」（《陳書・世祖紀》）

　　東晉南朝與二十世紀晚期的臺灣因而出現極為類似的局面。當國民政府無力反攻，大多數移民均已落地生根時，延用大陸省籍所造成的參政

權及公職考試、選舉等分配名額不合理的現象，頓時成為被攻擊的焦點。因此民國八十年「廢除本籍」的舉措，象徵了臺灣社會長久以來政治矛盾的癥結浮上檯面。

　　臺灣小說順應土斷情節的描述，以往我們只注意男作家的部分，如：李喬《寒夜三部曲》中敘述一位來自河南的老兵，妻子在日本侵華中身亡，兩個孩子亦分別失散，最終他決定留在臺灣深山，與原住民為鄰。陳映真的跨國小說〈雲〉中，也有一位空軍退役老士官落戶臺灣農村，林雙不的小說〈老江的故事〉裡退伍的老芋仔與一寡婦在西部濱海農村耕種薄田以定居……等等。循其源流，許多歷史學家將東晉土斷視為一種經濟政策，戰後渡海作家在臺灣的土斷文學，事實上亦為客觀經濟情勢下的自然產物。而女作家在這方面的闡發亦不少，如亦瑤的多部言情小說，其間人物多視臺灣為新桃花源，在這裡，姊妹情誼取代了世族宗法，給予受五四洗禮的新女性更大的生活與生存空間，則女性的土斷觀念，與現實的經濟政策相較，具有不同的前瞻意義，儘管她們在文學形式和語言上相對地隱微，卻是二十世紀世界流亡文學中獨特的篇章，更為一九七〇年代臺灣鄉土文學的發展帶來傾向於女性思維的新視野。

果園食客

——沉櫻

> 我的大學生活時代，思想意識上，我不僅反對封建主義、帝國主義，反對軍閥，抵制日貨，參加遊行、請願，追求民主、自由與光明的社會生活，受俄國小說影響，甚至也信仰過共產主義，曾積極地到工廠給工人講演，和同學們一起上大街貼標語，發傳單，支持臥軌的學生……。

沉櫻

一、沉櫻與「五四」後十年的婦女自由

　　沉櫻是一九二〇年代中國新文學時期的女作家與文學翻譯者。她本名陳英，另有小鈴、陳因等筆名。求學時期曾為魯迅和周作人所翻譯的日文小說所傾倒，因而從發表處女作起，便署了「沉櫻」這個筆名，以寄托她對日本文學的戀慕。一九七〇年，沉櫻出生於山東省濰縣，她的祖父雖為前朝舊學士子，父親卻已進入洋學堂，接受新思潮。在家族中，對她啟蒙

圖4-1　清代纏足女子

圖4-2　新女性以文藝創作追求婦女自由
　　　（圖為陸小曼）

影響最大的應屬二舅父，他畢業於北京大學哲學系，亟力反對女子纏足，並主張興女學，提倡男女平等……。如此新派作風，使幼年時期的陳英在長輩們的帶領下，逐步走向新女性的前程。

　　然而當時女性就學的風氣仍舊保守，陳英終究只在學校裡讀了小學和初中。此後家人雖延聘教師來家裡講授《論語》、四書，然而她的興趣卻集中在古典小説上。沉櫻回憶道：

　　　　我的外祖母和姨母是認字的，母親不認字，但她們都愛看閒書、聽閒書。有一部叫《天雨花》的書，是韻文的，可以唱，她們邊念邊評論，我也蹲在旁邊聽。我母親雖是文盲，卻能背誦很多詩，領悟力極強，在生活裡，時常聽她在關鍵時刻說出幾句有分量的話，或念上幾句有意思的詩，《千家詩》就是我由母親口授學來的。她最喜歡《紅樓夢》，一遍遍要別人念給她，我也趁機立在一旁聽。

　　她對古典小說濃厚的興趣顯然來自母親。在入中學之前，已經遍閱中國傳統小說，並嘗試用文言文寫作，這項嘗試對她日後的遣詞用字有相當的助益。陳英八歲末為避軍閥混戰而一度下鄉。日後她筆下的田園、野花、布穀鳥……，等美好的憶舊文學都是這時期留下的印象。

　　五四運動延伸至山東時，她曾和同學們一齊舉著反帝反封建的旗幟，上街遊行、高呼口號。她回憶當時說道：

> 我這個人，是有名的沒記性，但在小學裡的愛國遊行卻沒有忘
> ……。

　　五四風潮的激情在一個小學生的記憶深處留下了深刻的印象。沉櫻於山東省立第一女子中學就讀期間，遇到一位北大學哲學系畢業的國文老師──顧獻季。他不僅文采出眾，而且新、舊文學均有相當的造詣。經過他在課堂上講解自己當午的「五四」經驗，及其後湧現的新作家及作品，沉櫻開始閱讀五四文人的著作。她回憶道：

> 由於顧老師的影響，使我對魯迅、周作人等「語絲派」作家群
> 特別崇拜。那時，我廢寢忘食地閱讀各種翻譯小說，尤其周氏
> 兄弟譯的現代日本小說及世界小說譯叢，更是愛不釋手，我了
> 解西洋小說，接觸俄國進步作品，就在那個時候。

　　一九二五年，她進入左派開辦的上海大學中文系，其間的教員多是當時的名家，如：瞿秋白、茅盾等人。然而由於北伐的動盪時局及白色恐怖等因素，沉櫻一度停學，其後轉往復旦大學中文系借讀。在系主任陳望道，及謝六逸等教授的帶領下，她成為學校裡的活躍分子。不僅加入劇

作家洪深的「復旦劇社」，主演「女店主」一劇，同時結識了日後的夫婿，也是戲劇家的馬彥祥。此時，她持續覽閱日本、俄國和北歐的小說，並正式邁入創作生涯。她以俄國文學為仿傚對象，寫了第一個短篇〈回家〉，刊登於陳望道主編的《大江月刊》。此篇小說為茅盾所欣賞，茅盾甚至懷疑這是文壇老作家的化名之作。其後沉櫻陸續在《小說月報》發表〈妻〉等作品，奠定了她在中國新文壇上優秀女青年作家的地位。沉櫻回憶「五四」後十年間自己在新思潮中的寫作背景：

> 我的大學生活時代，思想意識上，我不僅反對封建主義、帝國主義，反對軍閥，抵制日貨，參加遊行、請願，追求民主、自由與光明的社會生活，受俄國小說影響，甚至也信仰過共產主義，曾積極地到工廠給工人講演，和同學們一起上大街貼標語，發傳單，支持臥軌的學生……，你說那是浪漫式的革命也可，不過，我的寫作就是在這種生活裡開始的。可以說，我的作品都是模仿人家的革命思想寫成的；但在藝術形式上，尤其是文字上，我很講究，追求它的明快、簡潔。這一點，我是深深受益於陳望道先生的修辭學的，而且是影響了我的一生……。（沉櫻，1936）

一九二、三〇年代是沉櫻創作的高峰期，從《大江月刊》、《小說月報》、《現代文學》到《文學季刊》等均可見其作品。當時她的著作包括：《喜筵之後》（一九二九年北新書局出版），《夜闌》（一九二九年光華書局出版），《某少女》（一九二九年北新書局出版），《女性》（一九三四年，上海生活書店出版），《一個女作家》（一九三五年北新書局出版）等。面對這一時期的創作，沉櫻來臺後以「深悔少作」評之。她說：「揚雄說

他的賦是雕蟲小技，大丈夫不為也。我
自己的小說只能算是歷史資料。」她曾
以〈一位女作家〉自況青年時的寫作心
境。當時她以善寫短篇戀愛小說聞名，
對戀愛中的青年男女有相當細膩的心理
刻劃，如：〈下午〉、〈喜筵之後〉
等，都是通過男女愛情生活的描寫，來
探視社會的側面，具有寫實的意義。

圖4-3　後五四時期的女作家們仍在質疑
　　　「母親」為神聖天職的書寫中，
　　　追求女性的自主意識。

　　特別是她的《女性》一書，描寫
「同居時代」的青年不儘厭惡傳統舊家
庭的污濁習氣，史懷抱著從事文學的野
心，與志同道合的情人攜手暢談人生理
想。書中的女主角因酷愛俄國文學而勇
於追求愛情與寫作生涯，直到她懷孕為
止。和同時期女作家相似的是，女主角
在視母親為神聖天職的質疑中，體現女
性與男子同樣擁有追求理想的心願。這
樣的女子甚至是個連作妻子都不願意的
人，於是她只能對於將做「母親」一
職感到十分頹喪。她茫然的臉龐，好像
即將陰雨的天空，生命像是正受著無形
的毀滅。她認為有了孩子，人就要陷入
作母親的牢籠，從前追求的自我都要消
滅了。這種痛苦、掙扎和絕望，是千百
年來女性的心靈底層的桎梏，只有在獨

自面對自我的時候，才能引發深深的喟
嘆。是一種有志難伸、不甘雌伏的嗟悼。

　　《女性》一書中，女主角的思想
在於追求個性的自由和文學的發展。可
是一旦結婚、懷孕，生命便像是一個美
麗的夢境突然破滅了，從此每天要過著
煩憂而失卻自我的日子。這種生活是女
主角難以忍受的，「如果不愜意地活
著」，她寧願死去。她不願作一個「自
己所不願意作」的人，她覺得自己正一
步步走向可怕的深淵。她，身為一個女
性，在得知自己懷孕後，大慟地呼喊：
「什麼都完了！」在五四時期，這樣一
段發自女性千百年來難以啟齒的心聲，
遂使「墮胎」成為當時女性文本中追求
自由的象徵，它像是「一件失掉了的東
西，又重新得到了」。小說中爭取男女
平權的主旨不言而喻，並為女性塑造出
前所未有的叛逆傳統社會的新形象。女
性從婚姻與懷孕的現實悲傷裡走出，企
圖追求精神與身體的獨立自主。她不顧
丈夫的百般勸阻，「為什麼對於不願意
的事，要聽其自然就算完了？」她要求
自我解放，要求掌握自己的命運。她倔
強地與封建思想抗爭，一如沉櫻在另一

圖4-4　五四時期女性小說家將作品中的
　　　　主角形塑成叛逆傳統的新形象。

部小說《舊雨》中所描寫的黃昭芳，身為一位新時代的女性，對社會、對自己的命運已經有更清楚的認識：「什麼戀愛，反正最後不外乎是結婚，可是結了婚，女人便算完了。」小說道出五四時期，自由主義人士牽動婦女思想解放的初步立論。這樣革命口號式的寫作風格也正是沉櫻作品的早期特色。

當時知識界的婦女雖然爭得了戀愛、結婚的自由，卻經常因為沒有經濟上作主的能力，因而再度淪為男性的附庸，終究逃不出生男育女，落寞以終的結局。即使抱持獨身主義者也隨時面臨著失業的危機，如：《舊雨》中的黃昭芳。她和李琳姍都懷念中學時代「雖然也說不出希望是什麼」，但「總有個空想的夢」的生活，相較之下，現在「只剩下謀生活的念頭」。沉櫻的小說便是如此明白地道出「五四」後十年間，女性知識青年的思想與生活處境。她以深刻有力的寫實手法，藉由李琳姍等人的各種遭遇與不幸的結局，突顯了婦女解放運動中，許多女性試圖走出傳統，卻只能遇到更多實際困境的悲哀。閻純德指出：

> 儘管沉櫻一再對我說，她的小說創作不多，內容不新穎；但我認為，這些作品畢竟是在中國新文學第二個十年剛剛開始的時候，出自一位年輕的女作家之手，其中一些作品畢竟表現了她對生活的感受、視察、希望、追求以及愛憎，畢竟是那個時代的產物，其人物畢竟帶著歷史流程中所不可避免的烙印，即使按沉櫻的說法，把那些小說看成「歷史資料」，也是有一定意義的。因此，關於她的早期小說，雖不是她成熟時期的作品，但歷史應該接受這樣一個事實：她的作品畢竟在現代文學史上產生過影響。

二、「自由人」及「第三種文學」

施蟄存於回憶五四運動以後的新文化時曾說：

> 一九三四年……谷非（胡風）在《文學月報》上發表了一篇文
> 章，題為〈粉飾、歪曲、鐵一般的事實〉，引「第三種人」的
> 文藝觀點來評論《現代》上刊載的創作小說，好像巴金、沉
> 櫻、靳以等作家的小說都是遵循「第三種人」的理論創作的。
> 顯然他是把《現代》看作「第三種人」的同仁雜誌了。（施蟄
> 存，1981）

當時以幾個志同道合的人為中心，號召組織學會以舉辦具有明確政
治傾向及文藝觀點的雜誌，在知識份子之間蔚為風潮。而沉櫻當年投稿的
刊物中，當然地不乏左傾思想的同仁性刊物。當代兩岸論著多半仍將《現
代》等視為「第三種人」的論述，並點出如沉櫻等人的文學表現便是所謂
的「第三種人」。

許多文藝理論及文學史論述都曾指稱，所謂「第三種人」是在政治
及文藝觀點上的中間派人士。他們既不接受國民黨，也不偏向共產黨。
儘管施蟄存、蘇汶等人認為：「在階級鬥爭尖銳的時候，不可能有中間
派。」理由是：當時左派堅持「不革命即反革命」的論點，強調：「天下
一切自然現象、社會現象，有兩極就有中點。兩極有變動，中點也跟著有
變動。所以中點不能脫離兩極而獨自永久存在。但中點只是一個概念，人
不能恰恰站在這細微的一點上，偏左或偏右是難免的。只是偏左畢竟不是
左，偏右也畢竟不是右……。」而此一吃力不討好的中間派，卻適足以說
明當時以胡適為首的「自由主義」政治立場與學術觀。蘇汶在〈關于「文
新」與胡秋原的文藝論辯〉中曾說：

在「知識階級的自由人」和「不自由的、有黨派的」階級爭著
文壇霸權的時候，最吃苦的卻是這兩種人之外的第三種人。

作者並進一步解釋，所謂「知識階級的自由人」，係指「資產階級
自由主義者及其文藝理論」。而「不自由的、有黨派的」階級，則以無產
階級的文藝理論為主。在這兩種人的理論先行之下，身為「第三種人」的
作家則必須向文藝政策指導者爭取創作自由，因此「第三種人」實際就是
不為集權政治理論所左右的自由派作家。此處並非反對文學具有政治性目
的，而是強調不為某政權而犧牲作者對生活的實際體認與描述，當然他們
更拒絕由政治來限制作家的取材與觀點。以此角度閱讀沉櫻早期的小說，
便可體會她的風格與思維。再以此印證《自由中國》及「第三種文學」渡
海來臺之初不見容於當權的困境，則是思考「自由主義」在威權體制下的
另一個側面。

三、苗栗鄉間記趣

一九四八年，沉櫻帶著母親、弟弟及兒女由上海來到了臺灣，並且
住在苗栗縣頭份鎮，過著淡泊的生活。除了對故鄉的刻骨思念外，在大成
中學執教七年，其後移居臺北，任教於第一女子中學至一九六七年退休為
止，這段期間的翻譯與寫作生涯，可說是她人生夕陽裡的霞光。她喜愛描
繪生活中的小事物，她說：

> 我對於小的東西，有著說不出的偏愛，不但日常生活中，喜
> 歡小動物、小玩藝、小溪、小河、小城、小鎮、小樓、小屋

……，就是讀物也是喜歡小詩、小詞、小品文……，特別愛那「采取秋花插滿瓶」的情趣。

她在頭份鎮果園中築「小屋」，並撰寫散文〈果園食客〉記錄生活的樂趣。文中寫道臺灣鄉情中大自然的花鳥風雨，而這棟「小屋」變成了聞名於臺灣女作家之間的重要文學建築。沉櫻在這小屋裡得到了彷彿吳爾芙之擁有「自己的房間」時，所感受到的快慰。相較於大陸時期的青澀之作，沉櫻曾表示來到臺灣後的作品才能代表她的文學成就。在這裡，她完成了《愛絲雅》、《蓓蒂》、《一位陌生女子的來信》等外文書籍的翻譯，還編選了《散文欣賞》、《觀摩文選》等著。她自稱常在花木扶疏、四季競秀的「小屋」裡，度過清晨與黃昏，在撩人的古廟鐘聲裡提筆創作。對沉櫻來說，創造無分大小都是快樂幸福的：「我不找大快樂，因為太難找；我只尋求一些小的快樂。」「人生的快樂有兩個來源：一是創造，一是人與人之間的關係。」她是婦女寫作協會的成員，和蘇雪林、謝冰瑩一

圖4-5　女作家渡海來臺後的家居生活

般，被尊稱為「先生」，與女作家林海音、潘琦君、鐘梅音、劉枋等人相
知相交，林海音曾回憶道：

> 三十年來，我們交往密切，雖然叫她一聲「陳先生」，卻是談
> 得來的文友。比如她和劉枋是山東老鄉，談鄉情、吃饅頭，她
> 和張秀亞談西洋文學，和琦君談中國文學，和羅蘭談人生，和
> 司馬秀媛賞花、做手工、談日本文學。和我的關係又更是不
> 同，她所認為的第二故鄉頭份，正是我的老家，她在那兒蓋了
> 三間小屋，地主張漢文先生又是先父青年時代在頭份公學校教
> 的啟蒙學生。我們大家聚在一起的時候，話題甚多，談寫作、
> 談翻譯、談文壇，談嗜好、談趣事，彼此交換報告欣賞到的好
> 文章，快樂無比！（林海音，1986）

　　沉櫻也耽溺於居家生活的布置，將精緻、匠心的摺紙、椅墊等工藝
品，及手工奇絕的紙花視為生活中的一種情趣，閻純德曾說沉櫻以「一
根細絲，幾片明艷的縐紋紙，串在一起，用手三抓兩抓，就是一朵花。」
「可以說是花都不像；色彩之鮮，形態之美又比任何花都像花。」沉櫻認
為現代機械文明與工業的發達讓人們遺失了雙手勞作的「尊嚴」。對她而
言做一朵花，和譯一本書同樣是莊嚴而令人滿足的事。一九七一年她曾提
供了自製的紙花來舉辦「女作家藝文作品展覽」，其中展示了當時臺灣女
作家的各種手工藝品、著作及手稿。在姹紫嫣紅的個性藝品中，呈現出大
陸渡海女性在臺灣找到相濡以沫的藝文生活圈。
　　沉櫻的散文特別予人純樸、真摯之感，文字的簡潔也表現在不以眩
奇新巧的華麗詞藻取勝，而塑造出平淡雋永的藝術風格。一九七二年，她
在臺灣自費出版《沉櫻散文集》，書分小品（十四篇）、信札（八篇）和

序文（十六篇）三部分。在〈自序〉中娓娓述説從大陸渡海到臺灣，又越洋到美國的生命感懷。其他散文，如：〈春的聲音〉、〈我們的海〉、〈果園食客〉……等，也都陸續被選入多種選集中。她對於散文體的愛好還表現在其所編選的三本《散文欣賞》中，選輯中也收錄了許多中外名作，她説：

> 這些散文不發議論，沒有費解的地方，但輕輕的筆觸也會使你沉思默想，若有所悟；這些散文不重故事在有動人的情節，但淡淡的意味也能使你會心微笑或掩卷太息。（沉櫻，1968）

沉櫻對於散文的見解，及其所選錄的作品在題材方面偏重生活瑣事，有關風花雪月及鳥獸蟲魚，這些都是她生命中最熱愛的閒情逸趣。她説文學貴在意境，在繁忙的工商業社會裡，她的選文提醒了人們何妨停下腳步、忙裡偷閒，欣賞一會兒星月的光輝和花草的芬芳，如能陶冶性情，亦未嘗不是對人生產生了重大的意義。她認為好的散文應兼具

圖4-6　女作家的聚會（圖為謝冰瑩與徐鍾珮）

抒情與說理，結合陽剛與陰柔之美。題材則可上天入地，從記事、抒情到
議論，首重文字表現的高妙意境與寫作者態度的親切，以及字裡行間洋溢
的生活情趣。作者娓娓道來，讀者則感受到真善美的浸泳，同時她的散文
創作與選集編著亦是其創作理論的實踐。

四、亂離中尋找褚威格

　　一九三四年沉櫻曾赴日學習日本文學，並寫下了〈在日本過年〉等
多篇散文。翌年與才華橫溢的詩人兼翻譯家梁宗岱結縭。梁宗岱在翻譯
上推敲再三的精神，對沉櫻日後的翻譯起了深遠的影響。抗戰期間，她蟄
居後方與女作家趙清閣為鄰，受到文學氣氛的習染，因而寫下了散文代表
作：《春的聲音》、《我們的海》等。同時她也開始閱讀英文《伊索寓
言》和美國文學作品，並嘗試將它們翻譯成中文，開啟了沉櫻繼創作之外
的另一條文學道路。

　　從大陸到臺灣，文學翻譯一直是沉櫻耕耘不輟的園地。她的譯作遍
及英、美、奧、俄、義、法、德，乃至於西班牙、匈牙利、希臘等國名
著，及猶太作家的優秀作品。在苗栗頭份的果園小屋裡，她譯出了《一位
陌生女子的來信》、《同情的罪》、《怕》、《女性三部曲》、《悠游之
歌》、《拉丁學生》、《迷惑》、《青春夢》、《車輪下》、《世界短篇
小說選》、《毛姆小說集》等近二十種長、短篇小說，此外尚有世界著
名詩歌選集《一切的峰頂》等，因此她也是臺灣文壇以翻譯影響著讀者的
著名作家。

　　沉櫻為這些付諸心血翻譯的結晶取名為「蒲公英譯叢」，她說：
「我喜歡花，尤其是那些有點異國情調的，像曼陀羅、鬱金香、風信子、
天竺葵、蒲公英等，單是看看名字也覺有趣。這些花中蒲公英是卑微的

一種，冰雪剛化，它便鑽出地面，展開綠葉，挺起黃花，點綴在枯寂了一冬的地面上，洋溢著一片春天的喜悅。儘管無人理會，仍然到處盛開，直到萬紫千紅爭奇鬥艷的時候，它才結子變成白頭翁，悄然消逝。現在用作我雜亂譯書的總名，一方面是為了這名字的可愛，另一方面也是為了那卑微的可取。」（沉櫻，1974）以翻譯贏得讀者喜愛的沉櫻，在她的譯作——近代奧地利文豪褚威格（Stefan Zweig）的《一位陌生女子的來信》譯序中表示，也許有人以為文學翻譯受限於完美文字經不起變動重組的破壞，而失去了原作的精華。然而她卻仍舊堅持繼續翻譯的工作，其理由是：

> 精通數國文字不是人人可以做到的事，不靠翻譯又怎麼辦呢？再者想到外國有很多學人文士是不識中文而愛中國文學和文化的，像德國的文豪赫曼‧赫塞看了翻譯的中國詩後，喜歡得甚至說西洋詩再也不值一顧；還有美國的文哲梭羅，在他那有名的《湖濱散記》中，動不動便引用孔子的

圖4-7 沉櫻一生二十餘種譯著呈現了渡海來臺的女作家，具有豐富異國文學經驗的重要面向。

話，不懂中文而竟那麼深愛儒家
思想。可見翻譯雖然無能，還不
至於全然無用。佳釀即使只剩了
糟粕，也還是有著特殊的芳香，
這大概就是我始終愛讀翻譯的原
因。（沉櫻，1988）

　　她因為愛讀翻譯，進而嘗試翻譯，
並將所翻譯的作品結集，從莫泊桑的
〈項鏈〉、都德的〈最后一課〉、斯篤
姆的〈茵夢湖〉，到歐亨利的〈禮物〉
等世界著名小說每經她翻譯發表，就在
臺灣造成閱讀風潮，尤其是《一位陌生
女子的來信》之「意外暢銷」，出現十
版的盛況，打破了臺灣文學翻譯的記
錄。那是一個關於單戀的故事，在長達
十一年的暗戀中，男主角自始至終不知
道對方的姓名，甚至連女主角為他生了
一個小孩都渾然不覺。當他打開信件，
逐漸意識到那曾經刻骨銘心的愛情時，
女人與小孩早已魂歸離恨天。沉櫻將褚
威格這位人稱歐洲七大偉人之一的傳世
之作譯介來臺灣，褚威格採用書信體和
直述的筆法，將小說主角的內心世界透
過第一人稱，表達出故事主角內心情緒

圖4-8　即使翻譯會失卻原著的精神，沉
　　　　櫻仍舊相信孜孜不倦地譯介西方
　　　　名著，有助於文化的交流。

的波瀾變化，並使讀者不自覺地把自己當作敘事者而有感同身受的效果。同時他也間接使得佛洛伊德精神分析法與傳記書寫的技巧影響了日後的華文文學。羅蘭因而指出：

> 沉櫻女士以前也譯過不少各國作家的作品，但我卻是由喜歡褚威格的作品而和她結識。我佩服她那恰如其分的譯筆，能夠完全擺脫開一般譯作生澀拗口的毛病而使原作者仍能以其優美瀟灑的姿態出現在讀者面前。
>
> 有人說：「翻譯是再創作。」沉櫻女士修正這句話，說「翻譯是『半創作』。因為內容結構是人家的，譯者只有在遣詞造句的筆調上，以及字裡行間的意味上，用心就行了。」這也正表現了沉櫻在顧到譯文的流暢優美的同時，是如何重視對原作的「忠實」。
>
> 沉櫻譯作的成功，除由於她中外文的高度修養之外，我想，她懂得選譯與自己氣質接近的作品，而使自己在「半創作」的過程中，能夠事半功倍而樂在其中，更是她成功的最大原因吧。
>
> （羅蘭，1988）

沉櫻在前半生顛沛流離的生涯中，不斷地尋訪褚威格的小說，從對日抗戰到國共內戰，從重慶、上海到苗栗、臺北，她描述道：

> 抗戰期間……英文讀物非常缺乏……偶然讀到新書，特別覺得珍愛。當時有兩本最使人驚喜的小冊子，就是中文翻譯的〈一位陌生女子的來信〉和〈馬來亞的狂人〉（即〈蠱〉）。讀後很想再讀一點這位作者的其他作品，卻怎樣也找不到。勝利後回

到上海,才得到一本英文譯的他
的短篇小說選集《萬花筒》。這
本書帶到臺灣來後,時常翻閱,
曾陸續譯出〈奇遇〉、〈看不見
的珍藏〉、〈情網〉、〈月下小
巷〉……。對這位奧國文豪的作
品,卻越來越覺喜愛,並且越來
越懷念以前讀過的他那最著名
的〈一位陌生女子的來信〉及
〈蠱〉。(沉櫻,1988)

沉櫻自述其對文學翻譯的態度時
說:「由少數人翻譯,供多數人閱讀,
是介紹和觀摩別人文化思想的最理想辦
法,也是翻譯的重要意義。」沉櫻渡海
來臺後,通過譯作,結交滿天下。田仲
濟認為她的文學成就可與五四時代多位
女作家並列:

　　沉櫻是繼冰心、丁玲之後而為人
　　所矚目的以文字的秀麗與富有詩
　　意的風格為特點的女作家。(田
　　仲濟、孫昌熙,1979)

圖4-9　受五四思潮洗禮的新文藝作家將
翻譯視為重要的文學工作,使得
讀者從閱讀譯作中體認西方文化
的意義與價值。

　　閻純德曾指出：「沉櫻是把翻譯當成創作來對待的一位嚴肅的翻譯家，追求的不止是達意，而且還要傳神。」「她對譯文字斟句酌，精益求精，既能體會入微，又能曲盡其妙。在翻譯中，經過細讀深解，她從中得到了無窮的樂趣……。」（閻純德，1983）沉櫻也說樂在其中的翻譯工作是：「如果體會出一點言外之意，或是表達出一點微妙情調，簡直像是自己創作一般得意。」自一九七〇年代末於《新生副刊》登載起，奧地利名著《一位陌生女子的來信》在沉櫻古樸典雅的譯文下，引發了無數讀者的迴響。而無論是沉櫻或褚威格，以至於沉櫻日後陸續翻譯的對象如：毛姆與莫泊桑等，其文本都對人性有深入的刻劃，特別是女性的心理，探討尤為細膩，同時處處流露出悲憫的情懷。鍾梅音指出：

　　　　我確信褚威格與我們曹雪芹一樣偏愛女性。在〈一位陌生女子的來信〉中，女主角雖然做了妓女，她的愛卻是超凡入聖的；〈蠱〉裡的女主角在她丈夫遠

離時做下錯事，而她的結局仍然另人一掬同情之淚。（鍾梅音，
1988）

　　沉櫻本人的文風沉靜有味，悲憫而不易流於濫情，囚而能使讀者深
刻地在她的譯述中領略譯筆的細緻熨貼，與男作家描摹女性心理的細膩之
處。當時許多臺灣讀者在這些小說與詩歌的伴隨下，度過了美好善感的文
學生活。在忘情的反覆閱讀中，人們對愛的感受與性的美好意識，也因
此漸漸地滋長與成熟。

北窗譯事

——張秀亞

我曾和兩班同學，穿越過敵人的封鎖線
奔赴自由祖國，在最後一戰——那隔開
晝與夜、自由與奴役的分界線——受到
一個猙獰敵兵的嚴厲盤詰，我險遭悲慘
的命運。在最重要的一剎那，那個敵兵
的刺刀尖峰劃破了苓的母親照片包紙，
立刻，那可怕的敵兵，竟變成了一個軟
弱的孩童……。

——張秀亞

一、靈魂的探險

　　張秀亞，早年以筆名「陳藍」寫散文，以
「張亞藍」寫小說，而且一度以「心井」寫作
方塊文章，是一九五○年代大陸渡海來臺的重
要女作家之一。英文系出身的學歷背景，使她
不儘創作種類繁多，更有不少譯作，如純文學
出版社所出版《自己的方間》（A Room of one's
own），便是譯自張秀亞的手筆。《自己的房
間》是英國女作家維吉妮亞·吳爾芙（Woolf，

追尋，漂泊的靈魂

Viginia）抒發女性爭取創作空間獨力自主的作品，她企圖使讀者從莎士比亞如果有個才華洋溢的妹妹，則她所可能遭遇到的蹇困窘境中，對比和體認到現代女性值得珍惜的寫作環境。

故事中莎士比亞的妹妹茱蒂絲（Judith）逃婚後流落劇場，愛讀書卻不得善終，徒將錦繡之才埋沒在禮教觀念裡的情節，顯示吳爾芙對女性在歷史角色中的扮演、在過去幾世紀中得不到的機會、囿於婚姻制度的困局，以及在傳統文獻裡的缺席等處境，深感憤悶與無奈。文中展現吳爾芙在書寫的過程中，不斷地體會到歷來世俗對女性的框限。香港大學周英雄因而說道：

> 她（吳爾芙）透過寫作來超越現實界，並走入純意念的世界，而在這意念世界中找到不受性別歧視的空間，找到精神的獨立與自由。（周英雄，1987）

吳爾芙的第一個中譯本首版出於一九七三年張秀亞的翻譯，此舉堪稱與世界女性主義潮流同步。吳爾芙的名字

圖5-1　才華洋溢的女性爭取與男性同等的獨立創作空間，是五四時期以來，新文化發展的重要議題。（圖為林徽音、泰戈爾、徐志摩）

第一次出現在中國，始於商務印書館的《小說月報》。其後新月派詩人
徐志摩在推介殊曼菲爾的文章中亦曾提及吳爾芙。臺灣則是在民國五十
年，由《現代文學》雜誌以專號的方式首次將其思想與作品譯介出來。
一九二、三〇年代，歐洲籠罩在兩次世界大戰之間，女權主義者有志難
伸，吳爾芙排除萬難，尋找女人寫作的出路，《自己的房間》出版了四十
年之後，一九六〇年代末，世界第二波婦運風起雲湧時，它才真正發揮了
影響力。當時臺灣女權運動亦初起步，一般人對吳爾芙建立女性文化及女
性意識的呼籲共鳴不大，而張秀亞對女性文學創作的主體自覺在臺灣翻譯
史上，確實立於前瞻性的地位。她曾經提出自己從事翻譯的原則是：

> 要透徹了解整篇文章的文句，要研究作品的時代背景和作者的
> 心理狀態，還要抓住字裡行間的那股神韻。（夏祖麗編，1973）

　　張秀亞指出了閱讀、學習、翻譯與表達等環環相扣的關聯。更重要
的是，她經由解讀與翻譯《自己的房間》，使她內在的女性意識開拓出新
的領域：

> 最近試譯全文，我的心靈才算真正進到書裡──宛如法朗士所
> 說，在其中作了一次靈魂的探險。如今，我雖走出寶山，精神
> 卻依然沈酣在那愛麗絲的奇境裡。（張秀亞，2000）

　　張秀亞在翻譯與詮釋《自己的房間》過程裡，身心彷彿歷經了一場
性別意識的革命與女性自覺的洗禮，她形容這種體驗是一場「靈魂的探
險」。女性終需穿越歷史背景中性別差異所導致的歧視與誤解，始得撥雲
見日，尋得智慧的星光。Linda Nochlin在《女性，藝術與權力》一書中明

言由男性發聲的文學史敘述中隱而不顯的意識形態，已將女性及其藝術創作邊緣化，並使女性形象根據男尊女卑的層級固定化約為傳統概念。而且在具有性別差異的社會歷史階段裡，女性藝術家也會被導引而採取父權思維的表達模式。因此，無論是何種視覺符號，女性書寫向來在納入男性的權力架構與大論述中，從未獲得真正的自由論述空間。直到吳爾芙，女性作家、評論者、讀者、翻譯家逐漸開始關注女性形象在男性意識形態的視覺評價中所扮演的角色。

歷經五四新文化運動的洗禮，並在戰後初期渡海來臺的女作家們，如：張秀亞、林海音、琦君等人，在處理女性圖像時所運用的策略一如吳爾芙的行文風格，不厭其煩地告訴讀者一些點滴瑣事。因為戰亂頻仍、國家主義至上，因為關於女人的文獻實在太欠缺了，同時也因為國族主義與文藝結合的政策往往使得社會禮教轉趨嚴密，於是在五四新文化退潮之後，女性逐漸回歸到傳統的家庭觀念裡，以壓抑個人情感的流露來確立兩性的基礎和諧。

走過「五四」，爾後渡海來臺大陸作家，因流離經驗而寫作詩歌、小說及散文等作品，並配合當時臺灣的文藝政策走向，如：陳紀瀅、王藍、蘇雪林。至一九五〇年代臺灣的歷史小說也大多記載著抗日及國共內戰時期的現實生活，例如：張愛玲、姜貴、潘人木等作家。一九五四年陳紀瀅與王藍更以CC團與中統局幹部的身份代表文藝協會表明將文藝視同作戰的立場。然而此後不久，張秀亞在臺灣出版了第一本作品《三色菫》，使她成為中山文藝獎第一屆的得獎人。「中山文藝獎」乃民國五十四年九月為紀念孫中山百年壽辰而設立。在中山學術文化基金會獎助的十七種文學與藝術創作中，該獎明示以宏揚國父思想為目的，亦即三民主義之文藝政策的具體實現。

事實上，一九五〇年代臺灣的文藝政策已成為一段獨特的文學史時期，在海峽兩岸分別被納入國際性冷戰結構的局勢中，文學缺乏批判性與人道主義關懷，思想內容的概念化也導致許多藝術表現流於形式。而張秀亞的作品則秉持了白話文學的美文書寫藝術，與自由主義傳統的個人獨立精神，在傳統父權文本充滿英雄美人、禮教倫常等傳奇故事的夾縫裡，以吉光片羽的生活實況與心情紀錄來開創文體新風貌，她的得獎確實可能在無形中移轉了文藝政策的強制性走向。

圖5-2　女作家常於散文中回顧家鄉的田園景色。（圖為湖南新化謝鐸山謝冰瑩故居）

二、流連文字與微物書寫

從張秀亞的創作與翻譯題材看來，她喜愛追憶故鄉生活。在散文中，她回憶家鄉波動與壯麗的蒼茫原野，以及近乎淒愴的自然風光。對於兒時河北渤海之濱故鄉田園景緻的眷戀，對青年時代就讀於京、津古城的習俗風貌的追憶，對抗戰中霧都重慶的懷念……，這些經歷都是推動她日後走上寫作道路的動力。

來臺後，她對大自然的讚美和抒懷，也使讀者印象深刻。自然界的花草、月夜、雨景、秋日、冬雪……，都在她的文中顯得饒富韻味。同時她也不忘對身邊人物和瑣事的記敘，如：種花、養兔、慈善的老校工、清苦而奉獻一切的教士。張秀亞說：

> 我寫作有兩個原則，一是寫使內心深受感動的印象，一是寫自己深刻知道的事情。

張秀亞以其敏銳的感悟，記錄生活中細微動人之事，追尋記憶片斷在內心引發波瀾不息的情境，因而使文章發揮了感人的力量。

自有現代女性書寫意識以來，關於意識流的創作，迄今很難有超越吳爾芙的作品出現。吳爾芙的意識流語言所蘊含的豐富意象，已被援用在數不清的女性文本之中，這位女性提筆寫下留給其他女性的書，讓後世意欲超越自我的讀者受益。此外，許多從「五四」走來的女作家，在回頭省察自己的母親時，於書寫過程中改變了「母親」的角色及其與家庭的關係，這無疑也是女性社會價值的重塑。張秀亞在〈慈母〉一文中描述道：

> 母親出生於浙江省的一個世家，自幼受詩禮之教……，二十歲時嫁到我家……。我的父親又終年負笈在外，一切都由她自己來擔當，她唯一的辦法就是忍讓，就是緘默……。過著這樣的生活，她的內心是抑鬱的，記得有一個夜晚……，睡眠朦朧中，彷彿聽到母親在對燈低語，似在怨訴，似在悲嘆，聲音極其低微……。她長年忍茹的結果，是體弱多病。我記得她一病倒，我們那間屋中的窗帘就都放了下來，光線更顯得幽暗，家中整天氤氳著藥爐中透發出來的苦澀而芬芳的氣味。那個鄉村

醫生每次來為母親看病時，總會說到那同一的病狀：「氣血兩虧」……，如今才知道，母親為一個家庭付出了多大的一筆代價——半生的健康。（周秀亞，1965）

現代女性作家使用「忍茹」、「緘默」、「低訴」、「悲嘆」、「幽暗」與「苦澀」等形象語言來概括傳統女子的一生。女性書寫致力於打造屬於女人語言文字的原鄉，猶如吳爾芙之渴望所有女作家都有安心創作的物質空間。數千年的人類歷史一向由男性發聲，歷史教女人噤聲，女性於是默默無言地被佔用，從來不以自身主體來思考和生活，她們的文學作品則更難以流傳。儘管吳爾芙存在與臺灣當代女性不同的時空地域，然而女性如何在父權體制的陰霾下尋覓一線曙光，照見自己的身體、需要和感覺，以取得精神與行動上的自由，在她們身處的時空中，則是同樣重要的生命課題。當代女作家們召來比歷史更真實的虛構人物，以片語微言拼湊起她們沒有機會開口訴說的故事，其思緒則

圖5-3　現代女作家用「忍茹」、「緘默」、「低訴」、「悲嘆」等語，概括傳統婦女的一生。

因為敘述的瑣碎而形成邊走邊說、邊說邊想的「流連文字」。吳爾芙因而把女人在逆境中打破沈默、開始寫作的具體行為詮釋為「比十字軍東征及玫瑰戰爭還要重要」的歷史時刻，有志書寫的女性才不致陷入傳統婚姻與封建家庭的孤絕處境。

張秀亞感受到吳爾芙的深嘆——女性字彙的貧乏。在《自己的房間》裡，吳爾芙描述女作家之船在男性浩瀚的語言思維之海裡觸礁：

……於是，我就讀一兩句來試試，我迅即發現其中有點什麼不對勁，文字間的銜接，似是受了阻礙，有點東西撕得碎裂了，有點東西戳破了，這兒一個字，那兒一個字，在我的眼前像火炬似的閃耀……我覺得她（虛擬的作者）宛如一個人在划著一根總是不燃的火柴……讀這本書好像坐了一隻無甲板的船，浮泛於茫然的大海，忽升忽沉，那種簡練與語氣的緊促，分明表現出她在恐懼，或許是懼怕別人批評她愛傷

圖5-4　新文學發展之初，女性作家試圖在男性語彙之海裡尋找隻字片語，以承載內心深處蕩漾的靈魂。（圖為泰戈爾訪華）

感，否則就是她憶起了人們批評女性文章太綺麗，因而她就有意放進去很多不必要的芒刺……。（張秀亞譯，2000）

學術界曾以「閨秀文學」的標籤來概括女性作家作品，尤其是一九五〇年代由大陸渡海來臺的女作家群。女子的易感、綺語、微觀……等特質放在男性的邏輯與思維脈絡中，顯得貧弱困窘，瑣碎而難以突出。於是女作家們必須在「自己的房間」裡搜索足以形容自己的字眼，為女性意識尋求得以漫漾倚靠的湖泊。張秀亞之偏愛吳爾芙的思想與文字，在於她運用女性的感官將顏色、形狀、感覺與想像付諸極真實的言說：

她的文字就是這般的跳擲，像一股亂流急湍，像一陣沒有定向的風……她有她自己的邏輯路線……。

欲解釋吳爾芙處理文字的祕訣，還必須藉由她自己的話來說：「好像坐在那種玩遊戲的火車中，我們滿心以為車子要溜下去了，誰知它卻驀地轉了個方向，衝著上面開來了。……首先她破壞了文句，現在卻又來破壞故事的進展，不要緊，只要她的目的是在建設而不是在破壞，她完全可以這麼做。」張秀亞在吳爾芙的文字中找尋女性的敘事邏輯與思維方式，試圖突破傳統的文句與故事結構，發展出瑰奇而無芒刺的自我書寫。

和同時期女作家異曲同工的是，張秀亞的創作主軸多呈現女性細膩幽微的觀察，與生活中敏銳細緻的思考，並以詩意的筆調來描繪這些人生景象。張秀亞的寫作大致可分為三階段：早年以平凡、純潔、素樸的詩化語言取勝，中年之後則擅於描寫生活細節。她曾說，希望在生活最細微處，顯發顛撲不破的真理。晚年更趨於恬適平淡，表現在作品中的是對都市繁囂的厭倦，以及對田園生活的渴慕。

一九五〇年代以來，對於女作家書寫生活中的細緻感受，男性評論者每有無關社稷之感，至九〇年代後期，許多讀者回頭去欣賞張秀亞式的文風，才發現女性書寫生活隨筆的難度與意義。《中國時報》記者卜大中曾表示，隨著年歲增長，自己也逐漸試著去寫這樣的文章，卻怎麼也寫不出來。男性由是體會到女作家書寫生活細節的意義，那是同時進行著兩項不容易的工作：自我揭露與書寫。對於大部分人而言，一般作家其實並不習慣對他人揭露與訴說，特別是關乎任何情感及情緒部分的自我。然而在女性身上，讀者總是看到了意念凝聚在現實生活中的一個焦點上，從吳爾芙到張秀亞，女作家挺立自身以正視周遭的感覺與印象，並加以匯聚與詮釋。張秀亞曾引英國湖畔詩人華茲華斯的話說：

> 我看到一切都在呼吸，散發著內在的涵義。

此語無疑道出了女性微物書寫的終極關懷。一九九〇年代以後女性私語之

圖5-5 女性文人對生活抒發的細膩品味，在一九九〇年代以後，才逐漸為人所正視與接受。

作逐漸興起，如簡媜《紅嬰仔》、李黎《尋找紅氣球》、愛亞《秋涼出走》……等，將女性生命及心理變化歷程中極重要的時刻，如：懷孕、育嬰，以及日後扮演母親等角色抒發為文，以檢視心靈的回歸自我。使論者不再忽略私語的文學意義。作家們誠懇地訴說著樁樁件件小事在個人歷史中的重要性，因而成就出一部部非常真實面對自我的書，這些作品可追溯至張秀亞的《北窗下》、《三色堇》、《曼陀羅》……等一系列關於女性的生活史或生活雜記，甚至連早期《在大龍河畔》作品的出版都是作者自己出資的，因而使這一連串非常女性自我的書寫與付梓行動，透露出有趣的訊息，展現了兩性的思維與表達之間存在著差異。彙整這些資料，使我們勾勒出臺灣現代女性書寫自我，自費出版，乃至於自己成立出版社，並與許多女性文友聚會酬唱等圖像，我們將更明瞭女性文學思維的循繹有助於理解其文本中語境開拓的意義，以及對現代人心靈空間的探索和存在意義重申的價值。

三、女女相繫與古今互文

　　張秀亞的作品包括詩、散文及小說，以創作數量而言，她顯然偏好散文寫作。作家自述道：

> 決定我這條路線的，或許是我個人的性格與以往閱讀的書籍，……我是生長於北方平原的人，我讚美的是質樸與亢爽，平易而自然的散文體裁，最適於表現我那單純的心聲。（張秀亞，1982）

　　張秀亞認為，在各種文體中散文是最能代表其心性、性格的書寫形式。散文在她的眼中往往是自如且隨興展露自我胸臆的文學體裁。戰後初

後初期，女性書寫者好以散文形式抒發自身對周圍日常事物的關切。讀者不僅從文中看到作家的形容笑貌，同時作家也藉此展現她們清靈典雅的才氣。張秀亞同時也愛閱讀散文，在她眼中，任何一本史書或地理誌等均可視為「敘事簡淨」的散文，讀之可以達到自我充實的閱讀樂趣：「自如，隨意，是它的特徵。一個思想，一段情緒，一種感觸，可以像一口溫馨的吹息，在這枝簡單不過的蘆笛上，吹弄出和諧的樂音。」（張秀亞，1968）

因此渡海來臺後，張秀亞致力的創作體裁之一，便是散文。總計她在抵臺後一共出版了十五本散文集，包括：《三色堇》、《牧羊女》、《凡泥的手冊》、《懷念》、《湖上》、《水上琴聲》、《愛琳的日記》、《兩個聖誕節》、《少女的書》、《北窗下》、《水仙辭》、《曼陀羅》、《我與文學》、《心寄何處》、《書房一角》等，其中以《北窗下》一書最為暢銷，曾經發行到十六版之多。

張秀亞珍視每一次新書出版的機緣，特別是在《三色堇》付梓的前夕，她說自己心中的感覺難以描摹：

這株開著鵝黃、皎白、寶石藍色花朵的三色堇，自我的心中移植到地上以來，時光的溪河已潺緩的流過了多少個日夜。

這本散文集的完成，緣自散文家陳之藩和女詩人徐芳的友情鼓勵，出版時又由文壇名家陳紀瀅負責，《三色堇》的成書，可謂文壇佳話。同時它也是張秀亞寫作生涯的重要指標，在此之前，她憑著一股天真的熱忱，帶著滿心的問號，走上寫作的道路，陸續出版了六部作品。《三色堇》誕生之後，她開始在文字的藝術經營中，勇敢大步地向前進，墨水、筆桿、稿紙，成為她生活戲劇中的道具，內心始終迴旋著一個聲音：「將

筆桿握得更緊一些。」這本書受到文友的支持，與讀者熱烈的回響，在張
秀亞心中烙下了讓自己踏實的文學勳章，獎勵她繼續以磨得起繭的手指，
回饋更多素未謀面的朋友們。

　　《三色菫》於一九九九年再版時，作者進一步在序中指出：

　　　文學作品應強調文字中的藝術性，只有通過了文字的藝術，作
　　者的意念及理想才能透明的表現出來。

　　陳之藩形容閱讀張秀亞的散文：「如同走出了一片塵囂，而來到一
澄明的藍湖之畔。」詩人余光中自稱是「張秀亞迷」。作家本人則說：
「我只希望湖畔的搖曳蘆花，湖波上的天末微雲，能使朋友們體會出一片
純淨清境中的純真畫意詩情。」散文是張秀亞最愛的文體，經由她的藝術
經營，讀者便能體會她對散文美學的體認，一本《三色菫》在手，能使人
暫時脫離繁塵俗世，進入作家所營造的文字天堂，享受她個人印象中的寶
島四月，有柔蔓的葛藤，牽引我們飛升到裊裊的幻影裡。那是一片現實揉
合了夢境的幻影，好像一叢深綠的樹影間，突然開啟一扇白色的窗，窗口
上嵌著穿著學生制服的少年，而窗外盡是紫白如一片雲霞的盛開茉莉。偶
爾，一隻金翅的小蜜蜂飛過。

　　散文形式的美文化，使讀者透過精緻細膩的意境描繪，進入純淨無
紛擾的心靈世界，是張秀亞游走於單調生活之間，經過設計的藝術巧思。
此外，她引用英國詩人華茲華斯的詩句：

　　　站到光明中來，
　　　讓大自然做你的老師。

說明張秀亞的寫作靈感與臺灣的自然風情相互依存。《三色堇》是她來到臺灣後的第一本散文集，她心中對這本書的喜愛，除了書的出版與流傳過程，充滿了文友與讀者的溫情回饋，同時也因為這本書是她初到臺灣的心靈語錄。寫作與生活取得了同步成長的節奏，這是因為她在全新的生活環境裡，一方面讓自己重新起步，同時在陌生的世界裡，以女性特有的文字處理手法和細膩的觀察力，為自己尋找到文學發生的新契機。

> 猶憶我才到此間的那段日子——抵達的那天正是民國三十七年聖誕節的前夕，在親友的家中小憩數日，就開始在大街小巷走著，尋覓一個住處，安頓自己同兩個幼小的孩子。
> 初冬的十二月，街巷散佈著老榕樹斑駁的影子，到處靜靜的，只聽到有節奏的木鞋的脆響，澄澈微藍的空氣中，飄散著人家槿花籬落的淡淡香息，街燈將我同兩個孩子的身影描畫得長長短短，在濕寒的長腳雨中，我深深的感到我們大小三個多麼需要一個「屋頂」！

離開了大陸北方座落在日久天長裡的深宅大院，女性得到了千百年來難得的機會：為自己找尋一個屋頂。那座屬於自己和兩個孩子的屋頂，日後落座在臺灣中部。老屋黝黑的板壁上方有矮矮的煙囪，屋頂間有個小小的閣樓，屋後是小小的玻璃走廊，孩子們也穿起木鞋在門邊的櫸樹蔭裡捉迷藏。那不算小的後院空地，隨著春天的腳步，綻開了小草的綠痕，長尾喜鵲也來閒躂。走過自由主義浪潮的女作家，在這裡創造出生命的奇蹟！是的，小木屋、小閣樓、小小的走廊，和綠色的小草……，便是走出傳統的五四女性在心靈荒漠裡的妝點出的人工奇蹟！

　　除了眼前的奇蹟，她還有迎向未來的夢。在質樸的小城街道上，她買了一包「描繪著美好預言」的花籽。將那些「含蘊著美麗的細小花籽灑在後院，連同我的希望。」渡海女性的集體記憶與書寫，所造就的傳奇，就在於生命旅程的重新展開，猶如花籽抽長的過程，看它落入泥土，卻又漸漸發芽開花，未來的生活還有多少風雨吹襲、驕陽炙曬，然而它終究開出了三色菫。那是一朵長在臺灣土地上開出來的花，教作者深深感動：

> 可以說是我的感情的花朵，因為伴著那些細黑的花梓投入地上的，還有我無限的情熱與愛，它象徵的乃是我心靈世界的景色。

　　心靈的景色之所以令人發出由衷的讚美，是因為女性珍視自我。愛上自己，於是展演出生動偉大的智慧之語。

> 惟其懂得愛，
> 才獲得了幸福的本質。

　　心靈迷失的人，找不到幸福的本質；流浪遠方的遊子，反而看到了地球上的另一端，燃起一團可愛的火，那是人們內心深處搖搖不滅的靈燄。如果沒有這一團火，冰天洞地的世界，怎堪停留？

　　至於作者在寫作散文時內心的感懷，張秀亞曾在《牧羊女》的〈前言〉中，作如下的抒發：

> 到島上四年來，這是我拿出的第二個散文集子。……一個幽居村野的人，除了自述悲喜外，她所能做的，也只是為白雲畫像，為山泉錄音而已。

這本散文集記錄了張秀亞來臺後的生活感懷。她描繪渡海離鄉的心境：

> 孤獨與寂寞做了我的雙翼，我是一隻愛唱卻不善唱的鳥，我永不是四月林中的新來者，能唱出歡欣的歌。
>
> 我唱：
>
> 「落葉堆滿了階上，
>
> 春天已和夢遠颺，
>
> 沉重的日月杼，
>
> 織不完憂鬱的衣裳。」

圖繪個人悲喜是她作品的主旋律，尤其是《結婚十年》、《成人日記》，以及《父與女》等作，總不脫濃重的傷感氣息。痛苦的婚姻生活是她多愁多病的主因，結婚十年後，黃澄澄的指環隱然成為她生命中幽暗的陰影。因此她埋怨機遇的大手讓兩個不相似的靈魂相遇，進而長悲異路。在婚戀的路上，她曾經自負地企圖改造自己以符合對方的理想，並以此為求得兩方心靈的相吻，以為從此便可通往幸福的道路：

> 那時，我真如一隻年輕的麋鹿，躑躅亂闖，憧憬著園林春初，花繁葉滿的境界，而終於驚悸的看到，一座峭壁，冰覆雪埋！黯然的舉起輕蹄，茫然失所依歸，新婚的年半，已如流竄的歲月，我多感的靈魂，已被貶謫於荒江冷畔，空吟著：「寂寂江山搖落處，憐君何事到天涯！」真是幾番欲哭無淚了。

張秀亞的《結婚十年》一書，敘述兩人從綺麗而聖潔的戀愛走向「空房塵封」，只在夜晚佇立於風中，以頭枕門細聽足音，而終至「但見新人笑，那聞舊人哭」的境地。結婚進行曲成了「青春的輓歌」，她終於覺悟到「不幸的婚姻」是家庭重載的枷鎖，幸福婚姻的憧憬，終究只是一片霎那便消溶的雪花。在「靜言思之，躬自悼矣」後，她說：

圖5-6　對於新文藝女性而言，結婚進行曲或許就是另一種青春的輓歌。

> 因了在社會、環境、經濟方面，都具有優越的條件，男子對女子，無形中有了許多虐待的方便，我們何苦再以女人的身分凌虐女子！

張秀亞意識到女性往往因對愛情的盲目，及其觀念上的偏狹，因而造成了自我生涯的悲劇。即使壓抑自己去遷就同在一個屋簷下的人，也終究難抵愛情蜉蝣的朝生暮死。她引用《詩經》訴說滿腔心事：「女也不爽，士貳其行，士也罔極，二三其德。」她在〈成人日記〉裡說：

> 我們女人，是以愛情為生命的，
> 不似男人的朝秦暮楚。……我們
> 應自己振拔，不然，跌落泥塘，
> 無人援手，只供給無同情心者以
> 笑料，只使有同情心者嘆惋。

　　領悟後的張秀亞自許此後的生活重心在「找回我自己」，不再同女性惡性競逐，而是用自己的文學閱讀與書寫去照亮人生的幽徑。

　　大陸渡海來臺的女性書寫所兼具的另一特色是懷舊與回憶的題材甚豐。以潘琦君於一九五四年出版的《琴心》為例，她刻劃出許多人物以探討女性追求新文化，因而啟發了她們將生命底層所潛在的「愛」的能力，只是傳統的婚姻體制卻在其間扮演牽制與困束的角色，拖累了她們的愛情與人生。她的小說，如：〈姊夫〉、〈遺失的夢〉……等，都在中國人的處世生活中，試圖將聖潔的、代表西方精神的愛情，與中國傳統的婚姻關係進行對比。她擅於營造特殊的氛圍，用以指涉人心的脆弱。對於艱鉅、動亂的時代背景，則是淡淡抹上幾筆，便令人感受到亂離的陰影。篇中的

圖5-7　張秀亞說：「女人，是以愛情為生命的……。」（圖為陸小曼與徐志摩）

女性形象往往與國家意識結合。琦君的創作意圖顯然欲以固有的道德與現代精神融合成和諧的新生活思維。

當時女作家的散文經常呈現怨而不怒、哀而不傷、溫柔敦厚的格調。一方面得力於傳統詩文的造詣，同時也是女性作家跨越兩岸，在新、舊文化與當時的政治格局之間，所發展出來的文學風貌。中國古典詩詞中的個人主義色彩往往透露在高蹈出世的人文情懷上，這與遷臺初期的戰鬥文藝本不易協調。然而這時期的女作家們卻在舊文學的根柢與新文化的洗禮雙重觀念的接受下，成就出她們的懷舊情調。自童年生活、啟蒙先生、故鄉山水、與母親的互動，以至來臺後的生活記錄……，整整一代的女性文學人創造出帶有自傳色彩的詩、散文和小說。琦君和孟瑤等人選擇李清照作為品賞的對象，使現代文學作品脫胎於婉約詞風，一方面可以避免時人對於古典文學中個人消極出世與時代需求的齟齬，同時又兼得女作家「不薄今人愛古人」的文學喜好。琦君曾說：

> 現代人寫新詩最好也要熟讀中國舊詩，這好像一棵樹，以中國舊詩詞為樹幹，吸收現代詩精神為枝葉，產生中國自己的現代詩。

在奇娜嘉蘭（China Gadand）的《女女相繫——尋訪人類社會的女性守護者》一書中，敘述了一千五百年前古老的印度傳說——杜爾加女神的故事。當人類社會面臨危急存亡之秋，女性的韌性便成為化解危機的力量。江文瑜於推薦序文中指出：

> 女性的心靈力量如何集結、開悟與壯大……。作者奇娜嘉蘭以她親身的經驗熱切地告訴讀者，透過旅行去尋找、接觸或串連具有強烈行動力或生命力的女性，女性個人的痛苦經驗得以轉

化或昇華為大格局的、具慈悲心的大智慧。（江文瑜，2000）

　　書中提到「女女關係」在人類社會裡的意義時說：「最大的背叛從來都是來自於女人之間的相互背叛。一旦女人之間的創傷療癒了，男人與女人之間的傷口便能癒合；而一旦男女之間的創傷得以療癒，家庭中的傷口就可以癒合；一旦家庭中的創傷療癒，社區便能癒合……。」這段話酷似「女性版」的「修身、齊家、治國、平天下」。明崇禎十七年王朝覆亡，學者王思任之女王端淑隨夫丁聖肇顛沛流離，歸隱彭山並移居徐渭故居青藤書屋，於困苦生活中履辭宮中教習嬪妃之職。然終「不忍一代之閨秀，佳詠湮沒煙草」，是以「起而為之霞搜霧輯」。王端淑身為女性文人，自認有責任將歷來隱而不顯的女性作家與作品保存傳世。於是上起漢魏三唐，下迄宋元，廣收博採，撬盡上下古今，如：秦末虞姬、唐時薛濤、宋寧宗皇后楊太后、明代董少玉、元代曹妙清……等，選詩的年代從漢魏至清初，顯見王端淑有縱貫女性詩歌歷史的企圖

圖5-8　奇娜嘉蘭在《女女相繫》一書中指出：「一旦女人之間的創傷療癒了，男人與女人之間的傷口就可以癒合。」

與期許。而所收編的女性文人身份亦由后妃至閨秀、方外比丘尼、以至送往迎來的歌妓，甚至外族異邦的女性詩人等，顯示她的收納對象不分階級與出身。這部選集定名為《名媛詩緯初編》。

這部書使歷代隱沒的女性作家浮出歷史地表，也使後代女性文學愛好者效仿景從，則又是女女相繫，以不同時代、地域的女作家互相引述蔚為風尚的又一例證。潘琦君將自身的亂離身世與家國興亡之感援附於李清照，而張秀亞的選譯則以吳爾芙《自己的房間》作為追求精神獨立與嚮往自由的標竿，女性與女性的互文與互相詮釋以求自我實現、自我成長的蹤跡，確實是一條明顯的道路。

大陸渡海女作家對於古典詩義的援引與再創作，在張秀亞的作品中，亦可見詩詞脫胎轉換與古今互文的清晰痕跡：

> 一瓣瓶花搖落了深秋，
>
> 像小舟，悠悠。
>
> 月明之夜的古城，有如在夢魅中，古城在夢著，月光下的人也在夢著，一個朗麗的背景下，鑲著一個團團的月。
>
> 很多年過去了，昔日在玉帶橋邊，試捧一鞠月光的流水的人，走向天涯。今夕，昔日的明月，又將她喚醒了，月光照映著書桌上一個文友的來箋：
>
> 「請你寫一篇：故國不堪回首月明中。」（張秀亞，1975）

張秀亞的文字向來可見其古典根柢的聯想與興寄。在法國梧桐下憶起晏殊的《珠玉詞》；於書齋一角低吟劉春虛和李商隱；在吳爾芙的世界裡看到了《楚辭》……。一九五〇年代女性書寫懷鄉憶舊與生活感懷的典型表達方式，便在此一篇篇藉物起興、出入古今的自我書寫中，讓讀者看

到了倉皇渡海的女作家們終於在臺灣這個化外之域裡尋得了「自己的房間」。

四、五四文學雅聚於書齋

張秀亞的寫作生涯長達七十年，她從十四、五歲起便開始投稿，早在民國二十五年張秀亞二八年華之際，於天津女師高中二年級時，已出版了她的第一本詩與散文集《在大龍河畔》。雖是自費出版，但是對她個人而言，比成績單上全紅的「甲」更具深遠的意義。其後於北京輔仁大學史學研究所就學期間，正值中日戰爭，張秀亞離開北京，到重慶任《益世報》文學副刊的編輯與社論委員。

二次大戰後，返回北京輔大擔任英文講師。一九四九年她渡海來到臺灣，先後任教於臺中靜宜大學和臺北的輔仁大學，並從事文學創作及翻譯教學長達二十五年，著作多達八十二本，其間所翻譯西方作家作品，與介紹國外的文化與思想等作，多獲選為中學與大學的教材，在臺灣、香港、大陸及海外華文地區均擁有讀者。輔仁大學選舉她為傑出

圖5-9　五四作家蕭乾每回寫信給張秀亞時，都稱呼她為Mr. Lan Chen。

校友。一九五〇年代《中央副刊》的《北窗下》「連載散文」便是由她第一個執筆的，一共寫了七十篇。如今，美國的史丹佛大學、加州大學、奧勒岡大學、國會圖書館等處，都以專櫃來收藏她的著作。美國學生針對她的著作撰寫論文，也翻譯她的詩篇。近期大陸也出版了她的作品選。張秀亞旅居美國期間總是念念不忘文壇老友，與她相交二十年的作家樸月形容「她是個很細膩、周到的人，總是樂於向朋友表達善意的感情。」她的筆名「陳蘭」半是出於文壇先進蕭乾的意思，而蕭乾每回寫信給她時，也都稱呼她為Ms.Lan Chen。她樂於細數自己的書寫與「五四」女作家們的關係，並於字裡行間流露出接受她們薰陶的感懷：

圖5-10　蕭乾與冰心（後為文潔若與柳琴）

> ……第一次讀到了盧隱女士的《海濱故人》，她的作品，正如她的一篇小說的題目〈一鞭殘照裡〉，予人無限衰颯淒悲之感。《海濱故人》中，寫的那些歌哭無端的女孩子，常引我陷於沉思。

同時我也讀到了天資高曠，穿穴萬卷的蘇梅（蘇雪林）女士的《綠天》，文中那片乍辭母枝，臉兒紅紅的小楓葉是多麼的可愛啊，還有，〈收穫〉中那洋溢著歡笑與芬芳的法國鄉下的葡萄園，那如插天蠟燭般的白楊，至今猶似亭亭的披著藍天浮雲，排列在我的面前。

我也第一次讀到了謝冰瑩女士的《從軍日記》，鮮麗的封面上那幾個出自兒童手筆的沒有耳朵的小兵，他們跨下那像四腳竹凳似的神氣的馬兒，更使我大為開心。打開封面，序文裡的一陣「哈，哈，哈」宏亮的聲音，還有那新奇，有力，感人的內容，一下子吸引住了我。（張秀亞，1975）

在五四文壇的前輩作家中，她也欣賞凌叔華的小說、周作人的散文、郁達夫和徐志摩的詩……，她對早期文藝刊物的搜羅，從《語絲》、《北新》，到《小說月報》、《新月》雜誌……，可說是愛書成癖。在新文學的浸淫中，張秀亞逐漸發展書屬於她自己的線條疏朗而純樸精鍊的語言藝術。

二〇〇〇年六月二十九日張秀亞在加州去世，享年八十三歲。她於同年五四紀念日上獲頒中國文藝協會致贈的「榮譽文藝獎章」。美國華裔民主黨國會議員吳振偉，為表她在文學及中西文化交流上的貢獻，特別在國會中發言讚揚張秀亞文學成就的演說，並將她的生平及著作列入美國國會紀錄以為紀念。吳振偉在國會的發言中，闡述張秀亞一生行誼。臺灣的輔仁大學也同時在臺北市聖家天主堂舉行她的追思彌撒，由樞機主教單國璽主持，以紀念傑出校友的形式予以追悼。各文藝團體也紛紛舉辦了張秀亞女士紀念會。中國國民黨特別追贈華夏一等獎章表揚她對中國現代文學的貢獻。誠如她所服膺的福克納名言：「在寫作裡，只容心靈那些永恆真

理，就是愛、光榮、惻隱、自尊、感情、犧牲！」張秀亞從閱讀、翻譯、詮釋到創作，在文學的道路上開拓了現代書寫新領域，她與五四傳統中自由文藝不可分割的繫聯，又不啻為近代以來，亂離渡海之間女性追求自由的一個真實又別開生面的側影，同時她的文學道路也具體呈現了女性書寫在戰後初期文藝政策介於國族主義與個人自由；文化發展從男性父權步入女性論述之間，具有過渡色彩的先驅性典範意義。

漢有游女

——聶華苓

南有喬木，不可休思；
漢有游女，不可求思。
漢之廣矣，不可泳思；
江之永矣，不可方思。

——《詩經·周南·漢廣》

我夢見的天壇，景象完全不同了。祈年殿、皇穹宇、圜丘，到處是難民的草蓆、褥子、單子。漢白玉石欄杆晾著破褲子。皇天上帝的牌位扔在地上，祈穀壇上到處是大便。

——聶華苓

　　自由主義和民族主義在西方近代政治思想史的展演歷程中，佔有重要的地位。以義大利建國為例，當馬志尼以啟蒙運動的信念完成了艱鉅的國家統一之後，隨即發現國家仍受到警察制度的監控，使人民失去人身自由。世人因而體認到自由主義與民族主義往往存在著既能合作推翻封建舊制，卻又因此產生衝突的事

實。以中國近代歷史而言，「啟蒙」與「救亡」何嘗不是兩種存在於知識份子思想中揮之不去且相互角力的政治概念。

由於國家利益與個人自由之間所可能產生的衝突往往導致知識份子雖受自由民主的洗禮，卻在內憂外患的重重壓力下，被迫暫時甚或永久地選擇以國家自由為優先的政治抉擇，因此使得一部世界近代史充斥著如蘇聯的史達林、德國的希特勒，以及義大利的莫索里尼等獨裁政治的慘痛經驗。

西方古典自由主義的發展向來為人所熟識的發展主軸，分別是以洛克及孟德斯鳩為代表的兩種典型。前者以啟蒙運動為開端，亦即「個人」為主體的自由主義形態；後者則將國家及社會既定的秩序視為自由存在的先決條件。洛克基本上認為人與生俱來的自然權力（natural power）的維護與保障，是社會共同的政治責任。在此思維下，國家組織即成為保障人民自由的工具。因此當它侵害了人民的自然權力時，國家機器乃至於統治者存在的正當性隨即被質疑，同時人民也具備了推翻政府的正當理由。

圖6-1　《自由中國》第一卷第一期

　　前述近代史演進中，救亡與啟蒙激烈辯證的同時，在學理上所反映出的問題關鍵正是知識份子在自由主義兩條路線之間所作的的分配比重。而戰後之初臺灣自由主義及其在文學作品上的表現，大抵也是循此兩條路線之爭而展開的辯證歷程。本文將從哲學、政治，以及文學等三個層次，循序討論從西方、中國到臺灣，自由主義與女性離散書寫的關係，進而考察女性主體在時代亂離中所尋獲的自由意義。

圖6-2　胡適與雷震

一、學人的自由主義

（一）胡適之融貫中、西

　　胡適的自由主義思想背景大致可從中、西方的文化與哲學理論加以綜述。他幼年所受的教育無疑來自傳統人文思想的基礎。一九四五年，他在哈佛大學的演講會場中曾說：

　　　　回想到安徽南部山中我第一進入那個鄉村學校。每天從高凳上，我可以看見北牆上懸掛的一

幅長軸，上面有公元八世紀政治家和書法家顏真卿的一段書札印本。當我初認草書時，我認出來那張書札開頭引用的就是立德、立功、立言的三不朽論。（胡頌平編著，1981）

胡適談及這段往事時，人生已匆匆過了五十年。他幼年時期所受的傳統教育與薰陶已在他的觀念中根深柢固。稍長後，嚴復與梁啟超等人所譯介的自由主義也隨之進入他的邏輯思維底層。兩相結合的結果表現在他以公共事業為重的理路上。他說：

> 我這個小我不是獨立存在的，……是和社會的全體和世界的全體都有互為影響的關係的……。

此外，《中庸》所云：「君子動而世為天下道，行而世為天下法，言而世為天下則也。」同樣為胡適所引以為一生行事的準則。他於《中國古代哲學史》中說：「在人生哲學一方面……，我與人同是人，故『己所不欲，勿施於人』，故『惡於上，毋以使下』，『故所求乎子以事父』，故『老吾老，以及人之老』。」由於儒家的「三不朽論」及「恕道」將個人的生命意義提升到社會上崇高的神聖地位，因而使胡適肯定個人在社會中的積極性角色。這一點是中國式自由主義和西方個人、社會之間形成某種對立與隔閡的差別所在。它避免了個人主義擴充到放任、利己的程度；所堪虞的則是以社會為優先考量時，對自由主義健全化所可能造成的阻礙。五四學人整合「己所不欲，勿施於人」的儒家精神與穆勒所說的：「自由以勿侵他人之自由為界」而形成中國式的自由主義思想體系，自嚴復以來，到胡適才完成其理論建構。

（二）雷震的自由思想在臺灣

　　當胡適強調以社會基礎啟蒙民眾，以達成自由民主國家的建設目標時，集權中央化的專制民主也悄然在海峽兩岸之間成形。歷史幾度重演，一旦民主政治缺乏社會監督機制，多數的統治者便拋棄了自由主義中「有限政府」的原則，而趨向集權化的道路。

　　戰後初期臺灣的民主政治發展事實上也就是自由主義與民族主義互相衝擊的結果。延續胡適自由主義思想的代表人物，首推雷震，由他掌舵的代表性刊物《自由中國》於一九五〇年代初期，曾嘗試在「一個中國」的原則下，尋求國際力量介入臺灣海峽，以幫助中華民國反攻大陸。因此這份刊物的立場是拒絕接受臺灣海峽停火協議的，儘管在一九五五年共軍攻下一江山，造成臺海情勢高度緊張的時刻，這份刊物的立場依然不變。

圖6-3　雷震

　　五〇年代中期以後，隨著反攻的客觀環境愈來愈窘困，《自由中國》便開始以社論檢討「反攻大陸」與「自由人權」之間的衝突問題。當時他們的論點是，臺灣既一時無法收復大陸，而海峽

兩岸對峙的情勢也成定局，則當務應以推動民主政治的發展為優先考量。「反攻無望論」在自由主義發展中的意義可解釋為學界企圖將國家自由的準則調整到個人自由身上，其思想脈絡將有助於臺灣民主政治的落實。當時殷海光曾指出，國家處於非常時期而需要個人犧牲自由來換取群體利益的理由是不夠充分，「團體」與「國家」的定義到底是空泛而令人迷惘的，所謂的「國家自由」，對外可與國際間其他國家相互約束，對內則缺乏犧牲個人自由以維護其運作的正當性。（殷海光，1954）

　　在《自由中國》處理國家角色定位問題時，「群己」課題又再度浮上檯面。雖然雷震、殷海光等未曾言明，然其亟欲從穆勒理論走回洛克的古典自由主義道路，將國家視為維護人民自由之工具的意圖，已不言可喻。臺灣的自由主義者欲建構古典自由主義的國家觀，以維護個人自然權利為優先考量，至於以臺灣統一中國的基調則放為長遠目標。《自由中國》因而提出：「國家應為個人利益而存在，不是個人應為國家利益而存在。」前者是自由民主的體現，後者便是極權與獨裁。釐清這層觀念，臺灣便不至於在反共的立場上混淆觀瞻。然而這場官方國家自由主義與個人自由主義的論戰，卻以軍中政戰系統透過機關報紙攻擊胡適，並將雷震下獄十年為終。這段情勢的演變，影響了外省女作家的渡海書寫，以及尋求自由的堅強理念。

（三）從《自由中國》到《文星》雜誌

　　《自由中國》雜誌原本是由官方輔導的政論性兼文藝路線刊物，其後轉而抨擊國民政府之高壓封閉，並強烈要求民主開放。此時除了雷震之外，殷海光亦是主要關鍵人。殷海光的專長在研究邏輯實證論，這門講究方法學的理路，使他欲以方法論來涵蓋全體哲學。臺灣於戰後初期，從學界以至政壇，基本理性原則仍未確立，邏輯實證論顯然無從展現其精

彩。事實上邏輯實證論的內在法則具有一種反神話、反大敘述、反模糊口號的傾向，其實是與文學中的陰性書寫特質相唱和。

殷海光以此評論當時的臺灣政局，注定了與當權的主流意識形態產生嚴重扞格的歷史命運。在這場衝突中，除了邏輯實證論與臺灣當局的不相容，我們還應注意「自由中國」學人吸納了西方自由主義的信念，使得他們對政治上各種口號謊言的不信任。因此，雷震、殷海光等人愈不能忍受為了政治目的，而不顧現實，以不合邏輯的語言，訴諸威權、暴力並以套套邏輯玩弄群眾。在他們的眼裡，中國式的政治語言簡直是最粗糙的邏輯示範，其效果也就自然是最徹底的愚民。

圖6-4　胡適與雷震

一九五〇年代起殷海光等《自由中國》派的知識分子展開了面對當時威權體制的最大挑戰。《自由中國》在一九六〇年被勒令停刊，雷震以共諜案被捕下獄，殷海光則以胃癌早逝，然而他們左批共產黨、右批國民黨的自由主義言論，卻潛藏在臺灣社會，啟發了民主的動力與思維。（殷海光，1990）

圖6-5　《自由中國》第廿三卷第五期

繼此之後，《文星》雜誌是六○年代影響臺灣思想界的一本重要刊物，它帶動了青年勇於衝破傳統向權威挑戰的思潮，同時亦打破了雷震被捕，《自由中國》被禁後，臺灣思想界沈悶的氣氛。為此，臺大哲學系陳鼓應說道：「《自由中國》代表老一代的自由主義，雷案發生後受到重挫；在這時候，青年的一代在《文星》登上發言臺。」然而自一九六一年十一月李敖正式進入《文星》寫下第一篇文章〈老年人與棒子〉卻因此扭轉了《文星》的方向，此後五年間陸續引發了繼五四之後的另一場中西文化論戰，以及李敖與胡秋原兩人長達十三年的紛爭。主張復興中華文化的胡秋原以為李敖有外國人撐腰而攻擊蔣介石，這場筆戰一度提高了《文星》的銷售量，以及李敖本人的知名度，同時胡秋原也因此創辦了《中華雜誌》以為論戰的場域。

　　一九六五年《文星》雜誌終因李敖的文章而遭到停刊的命運。當事人李敖說：「原因是我們寫文章批評了國民黨中央，蔣介石下令查禁我們的雜誌。當時查禁是給我們一年的停刊命令，一年以後還可以復刊，一年以後就不准復刊了。」《文星》的停刊，也象徵了自由主義在臺灣的另一次挫敗。較之五四時期的《新青年》，《文星》在很多方面思想深度跟成熟度都還有加強的空間，但前後兩份自由主義刊物的相同命運，卻如實地反應了戰後初期，「自由」傳統的發展空間及論述場域在現實陰影下，難以展現原貌的事實。而渡海女作家所表現出來的五四自由主義精神，也在此空氣下，夾雜著國家至上與個人主義相依違的矛盾心理。直至聶華苓的創作、編審與赴美廣邀兩岸三地人士及世界各色人種參與其國際寫作計畫，女作家的自由主義才呈現出其理論的精純，並還給文學空間應有的奔放風貌。

二、女作家的自由追求與離散書寫

聶華苓出生於湖北宜昌，正是《詩經・廣漢》所吟：「漢有游女」的地方。她自敘生逢亂世，從小便過著流離張惶的生活，顯然成了「游女」的最佳寫照。在《失去的金鈴子》裡，她寫出了一個抗戰時期中國女子——苓子的的流浪與成長。在〈苓子是我嗎？〉一文中，她說：「她是我創造的。但，也是我！因為我曾年輕過。」

聶華苓年於一九四九年抵臺，一九六四年移居美國，代表作《桑青與桃紅》，描寫一名中國女子從大陸到臺灣，再到美國的坎坷歷程。白先勇分析道：

> 桑青逃到了美國……當移民局官員問她若被遞解出境會去那兒時，她的回答正具代表性：「不知道！」這話道破了現代流浪的中國人的悲劇……。

聶華苓的文學特色在於筆觸細膩，善於運用細節描繪人物並抒發感情。她的母親三十歲守寡，家中尚有年幼的弟妹，母子相依為命，感情至深。她回憶母親過世前的情景：「您還坐在床上看著《亞洲雜誌》上我的一篇英文文章。每逢在醫生或是護士走過，您都招招手，把雜誌給他們看，撇著嘴說：『我自己可是半個字也不認得！』說完之後望著他們一笑。您的頭髮已經落光，您的臉已經瘦削得變了形，但是啊，姆媽，您那一笑，卻是我見到的最美麗的笑。」

她與丈夫——美國著名詩人安格爾（Paul Engle）相知相愛二十七年。定居美國後，在愛荷華大學創辦國際寫作計劃，每年邀請世界各地成名作家到愛荷華城進行訪問與交流。一九九一年三月，安格爾撒手而去，聶

華苓傷痛莫名，「我在寫我們在威尼斯的回憶，有時實在寫不下去了，只好停筆。這些都引起種種回憶，又逢深秋，落葉一地。我也成了一片落葉，飄落在這小山上。無限淒涼。現在我才知道：夫婦白頭偕老，才是最大的福。」

聶華苓回顧創作歷程時説：文字是用淚水流出來的。而文學的作用除了使人思索、使人探究外，最重要是使人不安。

（一）女性編審的反「反共八股」

聶華苓於一九四九年渡海來臺，一九五二年進入《自由中國》擔任編輯委員，審核該刊每一期所登出的文章。她在追求自由民主的風氣中深受學者雷震、殷海光等人的習染，對針砭政治以及推動民主憲政頗有心得，同時以女性身份橫跨文學與政治批評雙重領域，在當時的知識界也是相當突出的現象。在政治上，她與《自由中國》的立場一致；在文學上則因為對自由主義的浸淫而自創一格，獨立於五〇年代的反共文藝之外。

聶華苓曾在〈憶雷震〉一文中提及五〇年代臺灣文壇由反共作家所獨占，

圖6-6　聶華苓與安格爾

而寫作者亦斷絕了與大陸三、四十年代的中國文學傳統淵源，尤其是毛澤東發表〈在延安文藝座談會上的講話〉之後，國民黨政府也積極以張道藩為首，組織「中國文藝協會」，以政治運作結合政權與文壇。當時臺灣社會的嚴峻氣氛致使作家十九進入文協，並在具有影響力的各大報擔任要職，以把持文學發表的管道。

聶華苓所屬的《自由中國》，其成員多半是隨國民政府撤退來臺，具有反共理想的自由主義人士。然而在文學思想上卻是反對做「反共八股」的。在全島擁蔣、反共的浪潮中，聶華苓等人以理性批判的態度追求自由與民主，並於編審文章的操作中，表達她對於國家和個人自由的看法。她與殷海光持相同的論點：不以大我之名侵占個人自然權力。

（二）聶華苓與五四文人

一九六○年代她因雷震案而移居美國，事後陳若曦回憶道：

> 聶華苓說：「自由中國」事件〔1960.9.4〕時，雷震被抓，很多人希望胡適能回臺灣去跟老總統求情，但是胡適不願意。她接著說：「我們到今天都不原諒他！」

儘管在「雷震案」上，聶華苓對胡適不諒解，又未及親身參與「五四」，然而自由思想與人道關懷卻是她文學生涯中一以貫徹的信念。對於五四人物的景仰與懷念，也充分顯示在她的文章裡：

> 我認識梁實秋先生，正值我一生最黯淡的時候。在60年代初，生活宛如孤島。我在臺灣大學和東海大學兩校教創作，在臺大校園和大廈山上和學生們在一起，是我枯寂生活中最大的樂趣。再就是和海音、孟瑤一同於周末去梁先生家。

他們在吃喝談笑中，暢論五四文壇舊事。聶華苓、孟瑤、林海音等人因而從梁實秋口中得知「五四文人」的光采。

> 問到徐志摩、陸小曼、冰心、老舍、沈從文，三、四十年代的作家們，那時他們都好像是另一個世界的人。我們對那些身為作家的「人」，遠比任何文壇事件有興趣。例如，我們會問：「冰心是什麼樣兒？」梁先生笑笑，想起了他的秋郎時代吧？「長得不錯。」他沒多說。從他那一笑之中，我就可以想像冰心年輕時清麗的模樣。

聶華苓與梁氏夫婦感情深厚，甚至於一九六四年她隻身前往美國的旅費都由梁家協助，這也讓驚恐於雷震事件中的聶華苓感受到五四文人溫情的一面：

圖6-7　雷震

> 我由臺灣來美國之前，去看梁先生和梁師母。
> 「你沒有路費吧？」梁先生在談話中突然問我這麼一句話。

「您怎麼知道？」

「我知道。你需要多少？」

我到美國的路費，就是梁先生借給我的。……

我和梁先生通信多年；信雖不多，但一紙短箋，寥寥數語，卻給我這海外遊子無限鼓勵和溫暖，我也對至情至性的梁先生多了點認識。

此外，梁實秋的婚姻與戀愛也是這位追求自由民主的女作家對五四人物的情感世界最感忿的部分：一九七四年六月，聶華苓接到梁實秋的英文信，內容述說著他的喪妻之痛。這封信正是在五月四日寫的，離梁師母過世不到一星期。

梁先生的信是5月4日寫的，正是為梁師母悼祭的日子。讀著梁先生的信，我可以看到在心中哭泣、掙扎活下去的梁先生。我非常擔心他如何打發以後的日子，因為我知道他如何依賴梁師母。

幾個月之後，1975年初，我又收到梁先生從西雅圖來的信，告訴我他在臺灣認識了韓菁清女士，並已結不解之緣。「我的友好幾乎都持反對或懷疑我的態度」我將信譯給安格爾聽。我倆立刻各自給梁先生寫了信，告訴他我們十分高興他又找到幸福，不必為外間閒言閒語所擾。

去國多年，聶華苓愈加堅信，年齡的差別不是幸福的障礙，甚至文化的區別也不是，重要的是彼此了解、尊重、體諒、寬容和忠誠。因為她和安格爾的婚姻就是如此。為此，梁實秋又來了一封信，表示「感激涕

零」。聶華苓對梁實秋與韓菁清戀愛的支持，其實亦就是她對婚戀自由的一種抒發。

一九七八年聶華苓隨梁實秋回大陸尋根，見到了她心儀已久，同時也和梁實秋有深厚友誼的五四作家——冰心。

> 她是我想像中的模樣：一座非常典雅的象牙小雕像。年代久了，象牙雕像變色了，但還是細致得逗人喜愛。她愛說：「是嗎？」尾音往上一揚，眼角、嘴角輕輕一翹。她說話很好聽，一個個字珠圓玉潤地溜出來。她談到文革以後第一次文聯大會：「我去了，見到好多老朋友。有的人殘廢了；有的人身體很弱；有的人拄著拐杖上臺去講文革受迫害的情形。臺上哭，臺下也哭。」

一九八〇年代，聶華苓在一次作家的宴會間，見到梁實秋的另一位五四友人——沈從文。

> 年輕人已不知沈從文是何許人也。……多年前曾將《從文自傳》的片斷譯給安格爾看。他十分佩服沈先生。宴會上有一位紅光滿面、微笑不語的老人。我要安格爾猜他是誰。安格爾猜不出來。我對他耳語。
>
> 「啊，沈從文！」他大叫，熱烈握他手。

沈從文平時愛吃糖多於菜。他告訴聶華苓一個有關「糖」與「愛情」的親身小故事：

「因為以前我愛上一個糖坊的
姑娘，沒有成，從此我就愛喫
糖。」

三、女性的身體與流亡

　　一九七〇年代完成了截至目前為止
最重要的女性離散文學之一——《桑青與
桃紅》。許多人都說，這部小說的出版
史恰似故事中女主角桑青的流亡過程。
這部作品原本連載於《中國時報・人間
副刊》，卻突然因聶華苓翻譯毛澤東詩
作而被列入黑名單，以至連帶小說也遭
到腰斬的命運，此後直到一九八八年臺
灣解嚴，本書才由漢藝色研正式出版。
一九八九年，英譯本的《桑清與桃紅》
更以女性主義、少數族裔等跨文類的多
重論述而獲得美國書卷獎。

圖6-8　少女時代的聶華苓

　　《桑青與桃紅》描寫流亡少女桑青
乘船過瞿塘峽時，一方面忐忑於身懷家
中辟邪玉而逃家的罪惡，一方面又徜徉
在無知的快樂境界裡，終於初試了流亡
學生的江上雲雨情。故事中的「她們」
以少女的姿態出現，在女性的敘述意識
中，這個由少女想像所投射出來的世

界，其實是內在心理與外在整體家庭社會對決的反映。在此結構中作者試圖保留少女恬適、純真與封閉的形象。女性作家因而透過少女原型的書寫，嘗試展現自我的另一面。同時也藉由少女的書信與日記形式，意圖擺脫性別與身份的僵局。在作者獨特的女性主體意識觀照下，小說中儼然建立起一套不同於現實秩序世界下的女性，因而呈現了具有愛欲本質的自我。作家的創作意圖在以少女式的單純與天真，解消整體社會長期以來的政治鬥爭及其所由生的人世變化。

小說中將流亡主體以精神分裂的筆法一分為二，其中桑青歷經對日抗戰到國共內戰，她的流亡路線從四川、北京到臺北，最後移居美國。少女失卻的歡顏與徘徊不去的精神分裂，更加深了女性在家庭、社會層層倫理關係面前進退維谷的感受。女作家企圖以走出家園的身影，及少女自傳式的書寫，重新審視性別位置在成長史之中的意義。特別是有關「人」和「女性」命題的反思與醒覺。女性自我的呈現，透過「主體」及「認同」的處理與敘述，嘗試突破以往男性架構下的偽女性意識，並藉由看似散漫的文體形式，重寫一反過去男性書寫主導下的女性主體位置。

是故，小說人物雖因戰爭而四處流竄，但卻未予人家國興亡的沉重感，取而代之的是天真浪漫的女性情懷。一群難民漠視禮教，以歡樂、作愛解消了集體文化記憶對流亡者的約束，聶華苓於此透露臺灣女性自由主義者對家國觀念的解構。而這一層體認足可視為「後五四」以來，女性離散主體在解放與自由的追尋中，再度向前跨越了一個進程。書中聶華苓以女性之筆解構了中國傳統國家主體具有象徵性與神聖地位的建築——天壇：

> 我夢見的天壇，景象完全不同了。祈年殿、皇穹宇、圜丘到處是難民的草蓆、褥子、單子。漢白玉石欄桿晾著破褲子。皇天上帝的牌位扔在地上，祈穀壇上到處是大便。

國家的權柄被女作家棄如蔽屣,郭淑雅在〈《「喪」青與「逃」紅》?——試論聶華苓《桑青與桃紅》/國族認同〉一文中指出:

> 此無疑是徹底顛覆了代表整個國家典儀及其背後繁複幽微的文化系統,這種毀滅群眾的「想像的共同體」之精神寄託,的確宣告了聶華苓自由主義思考中共同的歷史文化及集體記憶在民族主義裡所佔份量的微乎其微。

以《自由中國》對國家自由的棄絕,與對民族大義的扞格,印證了《桑青與桃紅》中無視於國家的戰亂危亡而尋求個人歡愛的書寫策略,是藝術忖地道出女性離散主體在追逐自由過程中的主觀心境。她們不僅失去了從屬感,漂洋過海之後,她們甚至發現了一個道理——其實她們從不需要任何國家文化主體以為憑藉。國家定位與國族認同才是虛無飄渺的幻影。聶華苓藉桃紅之口說出:

> 我是開天闢地在山谷裡生出來的,……我那兒都是外鄉人。但我很快活。這個世界有趣的事可多啦!

從胡適的「君子動而世為天下道」,至雷震等人強調個人自由建立在國家群體之上,男性流亡學人肩負民族與歷史的沉重包袱,似乎在女作家身上卸下。亂離人的形象在女性書寫中被轉化為更積極、活潑、主動的創造者。她表示個人不需要國家民族來彰顯她的價值,於是女性意識終於走出男性流亡者的自尊、自憐與感時憂國。在去國家、去民族、去認同之後,女性的家國觀如同脫韁野馬,在開放的空間裡奔放馳騁。

四、「她」的離散路線

　　一九四九年之後，聶華苓在創作上的主要成就是小說。《臺灣軼事》是她在臺灣生活，有感於社會現實，並對各種各樣人所做的觀察，進而寫就的短篇小說集。作者於〈寫在前面〉的序文裡說：

> 那些小說全是針對臺灣社會生活的「現實」而說的老實話。小說裡各種各樣的人物全是從大陸流落到臺灣的小市民。他們全是失掉根的人；他們全患思鄉「病」；他們全渴望有一天回老家。我就生活在他們之中。我寫那些小說的時候，和他們一樣想「家」，一樣空虛，一樣絕望——這輩子回不去啦！怎麼活下去呢！

　　儘管小說的人物和故事是虛構的，然而其真實性卻也隱含其中。聶華苓把〈王大年的幾件喜事〉等《臺灣軼事》交付北京印刷出版時，作者筆下所承載

圖6-9　聶華苓與女性友人攝於南京中央大學。

的大批思鄉游子的情感，以及她所接受的臺灣社會，似乎找到了抒發的窗口。聶華苓的一生與國民政府和共產黨之間的糾葛，及對胡適等人的錯綜情緒，均是她渡海書寫的重要歷史背景。

一九五二年，胡適由美返臺，雷震欲派她赴機場獻花，然而她卻對胡適在處理《自由中國》與當局衝突的問題上頗不以為然。尤其是胡適為了一篇〈政府不可誘民入罪〉的社論而辭去了發行人的職銜，使她懷疑胡適有「擺脫」《自由中國》之意。因此她留字予雷震，說道：

> 儆寰先生：
> 您要我去向胡先生獻花。這是一件美麗的差事，也是一個熱鬧的場面。我既不美麗，也不愛湊熱鬧。請您饒了我吧！
> 聶華苓上

殷海光對她刮目相看，她也同時獲得胡適本人的嘉許。一九五三年聶華苓因創作升任《自由中國》的編輯委員會委員。直至一九六○年該刊因雷震被捕

圖6-10　雷震手跡

入獄而停刊為止，整整十年的編輯生涯，使她結識了許多臺灣作家，自由主義的思想也逐漸成形。她曾說：

> 我們不登那些反共八股，不參加黨部組織的作家協會……。

雷震於「五四」前兩年已加入國民黨，並擔任過許多重要職務，亦曾代表蔣中正參加國共和談，並參與制訂憲法。後因〈搶救教育危机〉一文觸怒權力核心。一九五六年，蔣中正七十華誕，《自由中國》在「祝壽專號」中批評了他的特務統治，致使他以「煽動叛亂罪」被軍法判刑十年。《自由中國》被禁，其他同事也相繼被捕，聶華苓在失業的日子等待黎明。

一九六二年，她獲得臺灣大學中文系主任臺靜農教授冒險相邀任教文學創作課程。須臾，東海大學徐海觀也跟進，請她去擔任文學創作的教學工作。當時她的代表作之一《失去的金鈴子》於六〇年代連載於《聯合報》。由於雷震案，使她在人生中最暗淡的時期裡以巨大的毅力埋頭寫作，而竟完成此長篇巨著。同時也再度接續她和外界讀者溝通的橋樑。《失去的金鈴子》在臺北文化圈裡引起了迴響，相繼有學生書局、文星書店、大林出版社等再三出版。此時成為聶華苓重振起人生目標的一段特殊文學經歷。

本書的中心人物——苓子，在她莊嚴而又痛苦的成長過程中，反映出中國抗戰時期社會的一個縮影。小小的三星寨連著動盪的全中國，小說一開頭，作者的濃重之筆，便將讀者帶入了一個黑暗的時代：

> 我站在三斗坪的河壩上，手裡提著麻布桃花口袋，腳邊放著一捆破行李卷。媽媽並沒有來接我。我由重慶一上船，就是驚險

重重：敵机的轟炸，急流險灘，
還有那些不懷好意的眼睛……。

當苓子最後離開了三星寨時，聶華
苓又寫道：

到什麼地方也沒有自己的家。

然後透過母親之口對女兒說：

圖6-11　聶華苓和她的女兒

嗯，長大了，真的長大了！

女性在戰亂離散中每離開一個地
方，彷彿意味著人生將「重新開始」。
女作家因而意識到自己的成長與離散是
多麼密不可分。作者在流離中一再強調
她的離開是出於主體意識的自由安排，
而每一段不同的行程，無論走到那兒，
戰爭帶給社會的創痛，卻也同時使得女
性無意間發現打開桎梏女性傳統枷鎖的
鑰匙。《失去的金鈴子》通過主人公苓
子的成長，反映出寡婦巧姨、丫丫、莊
家姨婆婆、新姨、黎姨等眾多女性在抗
日戰爭時期中的生活天地，「每個人都
有各自的想望和希求，每個人都各自被

某些飄忽的東西所迷惑，所愚弄；他們每個人最后都失望。」（葉維廉《中國現代作家論·評〈失去的金鈴子〉》）而作者「東一把西一把的印象派的筆觸此時都能相互的產生有效的和鳴作用，使整個悲劇的情況加深。」

聶華苓在〈苓子是我嗎？〉一文中，回憶道這些故事實得自於從母親之口。她說：

> 我常常捧著一杯茶，坐在她臥房的椅子上，聽她閒談往事，瑣瑣碎碎，沒有條理，沒有頭緒。我忽忽悠悠地聽著，也許根本沒聽進去，人的思想有時真像有鬼似的，要抓也抓不住，東飄一下，西飄一下。……我常常在這種半睡眠的狀態中，突然為母親的一句話震動了，清醒了。

聶華苓在三斗坪那段生活，成了她進行創作的一個源泉。母親講述的人和事在歲月的洗滌下竟逐漸清晰起來，或許可說是早已沉入作者的靈海深處。於是這些人、物、事便活絡起來，引得作者產生了強烈的創作欲望。聶華苓說：

> 我不單單寫那麼一個愛情故事，我要寫一個女孩子的成長過程。

渡海女性的成長過程，及其與現實搏鬥而掙扎的故事，在－巧巧－一個狂放、野性的女孩子身上展露無遺。作品中每個人物都在走自己的路，恰如作者自我的人生要求。即使是大地上的小溪、無垠的沙漠，甚或萬山叢中的艱苦跋涉，苓子的形象正是小說作為特定時代的反映，也是一九六〇年代女性自由主義作家在亂離渡海經驗中，種種心境與生活的投射。

　　一九六三年，美國詩人保羅・安格
爾走訪亞洲，無意間解脫了聶華苓心繫
囹圄的痛苦。他們雙雙赴美，並於愛荷
華大學中展開了教學、寫作與翻譯的文
學生涯。七〇年他們一同翻譯了《毛澤
東詩集》，其間參考了不少有關中國革
命的書籍，對於現代歷史事件，作了詳
細的研究，同時因而解除了她多年來的
恐共心態，她說：

圖6 12　聶華苓與安格爾

　　我對新中國從怨到愛這個重新認
識歷史的過程才算完成。

　　美國愛荷華碧藍的克拉威爾水庫，
成了她和安格爾創造「國際寫作計劃」
的發祥地。

　　聶華苓思想敏捷。她心里總是裝著
許多形象、畫稿，時刻都會跳出新的思
想。這是一個國際性的作家工作室，每
年把各國作家請到愛荷華城來，在有利
的寫作條件下，促使作家們盡情地揮灑
其濃厚的民族文化與地方色彩，並以超
越家國的關係，自由地進行思想與藝術
的交流。

他們於一九六六年得到學校當局的同意，並且致涵各大企業，募得三百萬美元基金。在一九六七年展開了第一屆「國際寫作計劃」，邀請世界各地名作家。這個計劃並於一九七〇年得到美國國務院的協助而聲譽斐然。此後，每年九至十一月，愛荷華城的五月花公寓便陸續進註各種民族與各方語言人士。在每逢星期二、四的聚會上，作家們或交換其文學創見，或朗誦自己的作品，或論述其創作理論與流派，亦有互相辯論的場景。

此計劃第一次向各國作家發函相邀時，便請來了臺灣作家陳映真，當時陳映真正被逮捕入獄。聶華苓和安格爾致信蔣經國，並為他出資聘請美國律師辯護。其後更陸續邀請了王拓、瘂弦、吳晟（因故未能成行）等人，大陸方面則有蕭乾、王蒙、丁玲、陳明、劉賓雁、張洁、畢朔望、艾青等。在她所舉辦的「中國周末」活動中，兩岸三地的作家群聚一堂，討論文學創作的前途。

從北京、臺北到香港，甚至於新加坡及美國各地作家，三代同堂都在愛荷華這座超越黨派、國族的新天地裡，暢敘他們曾經走過的二十世紀中國社會的變動、興衰與人世滄桑。由於聶華苓的創新設計，與超越國族的自由理念，使華文作家們聚首於海外，和世界其他地區的文學人共同創作，彼此習染，在海外華文文壇上堪稱創舉。同時，這樣熱情的文學活動，出自一位自稱「海外流浪兒」的女性流亡作家之手，又值得關心女性華文寫作的人們深思與重視。

音樂散文

——胡品清

> 事情總是這樣：偶然，誕生，發展，然後消逝，像凌晨放露片刻的綺霞。……有生有滅，像淡淡的雲。
>
> ——胡品清

一、生活是一連串彩色的音符

閱讀胡品清的散文，耳邊經常不自覺地隨著作者的生活步調，響起翩翩飛舞的文學樂章。那時而優雅細緻的詠嘆調，偶然也穿插著古典吉他的溫柔。她的文學音樂性來自生活裡的小故事本身和音樂的關連，而行文的獨特韻律與自覺的節奏性語調，更加深了讀者的耳目觀感。作者常說，童年是嚴肅的，因為舊式教育不懂得兒童心理。然而也許是兒童的天賦創造力不容輕易遏止，小時候男童打扮的胡品清在沒有音符與音感教育的山莊裡，竟還是從返鄉探親的鄰家小姊姊的寬裙洋裝，以及她的唇和腳尖上，領略了載歌載舞的歡樂。

生活在音樂色彩澆薄的山村裡，小女孩於日後就讀的教會女中，能夠搖身一變成為歡樂合唱團的女高音，這故事本身不能不帶著一點神童式的傳奇。也是平凡的人總有不平凡的故事，胡品清自中學步入大學後，隨著漫天的烽火，學校輾轉流徙，最後遷移到窮僻的貴州。離開了碧波瀲灩的西湖和潮起潮落的錢塘，新鮮人靈魂深處的音樂細胞是沉寂了？還是持續復甦？作者告訴我們，那是個多災的年代，中學時隨著音符飛躍的歲月，何處尋覓？然而來者可追。在沒有一點娛樂，甚至沒有一家書店的邊遠地帶，他們擁有了一個屬於自己的「回聲合唱團」。團員們黎明即起，在郊野池邊練習著自己的嗓音，他們唱世界名歌，也唱愛國歌曲，甚至帶著音樂走上街頭，合演行動劇，博得了觀眾的淚水與掌聲。於是胡品清日後擁抱那段青春的回憶，似水的年華：「那是我唱歌的黃金時代。」

「室友」是每一個初次流寓在外的遊子最親密的夥伴。胡品清在重慶沙坪壩的室友，則更兼樂器啟蒙者的角色。她擁有一把四弦琴，於是開啟了作者一

圖7-1　女學堂

生女性情誼的首部曲，往後她不斷地在散文中敘及生命中多位女性知音的純美與真摯，大約都建立在這第一位親密友人以及四弦琴的美好回憶上。琴，做為一把美麗的鑰匙，轉瞬間敞開了一室光輝的音樂與友誼，又開展了閱讀者自身的重重疊疊的印象之旅，依稀記得我們自己大學時代也曾經和室友同聲相應，玩在一起，相互怡情。而這段時光也像是音符編織成的羽翼，提攜著愛樂人從歡樂地演唱飛向優雅地彈奏生涯。

圖7-2　湄南河畔

　　婚後，胡品清移居湄南河畔，在那座廟宇林立，鳳凰花開的東方水市裡，人們可能不習慣貴婦張嘴唱歌，卻可以接受主調與和弦暫時分離的蕭邦圓舞曲或柴可夫斯基如歌的行版。於是作者又為自己打造了一段音樂人生的黃金時代：

　　　　在那段日子裡，從物質上來說，算是我的黃金時代。雖然我並非真正的擁有什麼，但至少暫時佔有許多，像租來的鋼琴，像許多的閒暇。

　　　　有一次，曾和一位女友偷得人生十日閒，去檳榔嶼度假……，我

們拋棄繁縟，善待自己。早晨醒來的時候，賴在床上，睜著眼睛慵慵懶懶，然後起來哼著當時流行的「Eternally」對鏡理紅妝，也一直迷上了那首歌。（胡品清，〈彩色音符〉，2006）

作者在湄南河畔閒雲野鶴的金色生涯裡，最璀璨耀眼的十日，是用音樂與女性鍛造出的人生假期。之後，天涯飄零，曾經留學巴黎，最終回到臺北。某個冬日午後，這位法文系的女教授，決定買一把吉他，像一個愛作夢的小女孩，想用童話裡的花環將自己包圍。在那風雨如晦的陽明山上，讀書無心，寫作無力時，唯有音符帶來安慰。那把吉他給她一個感覺：

有生以來，這是第一次，我絕對沒有做錯。（胡品清，〈尋覓鋸琴的日子〉，2006）

我們將在閱讀中慢慢地發現，女作家在音樂事件上所做的抉擇，幾乎都是無怨無悔，比起感情事件容易決斷，也輕易地得到更大的快慰。生命中有許多黯淡的時刻，她往往將自己拋向音符編織的花床，因為脆弱的心，只躲進繽紛的音樂錦褥裡，保留最後的一點溫馨暖意。張愛玲曾說：「人生是一襲華美的袍，上面爬滿了蝨子。」胡品清則比喻腦海是一座古屋，記憶就像出入其間的幽靈：「夢斷之後，沒有什麼比記憶更令人驚悸。」那些教人不堪的往事，在我們以為早已被歲月之流清洗成淡薄的剪影時，卻在某個不經意的時刻突然排山倒海迎面襲捲而來，幸運的人縱使無處躲藏，也可以浸溺其間尋尋覓覓，而記憶中總有一些關於琴與音樂的紀事，將迷惘而漂泊的心拉回山村海濱，帶進那些遙遠的、黑白的記憶影像中，藉以調和苦澀的心靈。

「記憶中,總有一把鋸琴;懷念中,也有一把鋸琴。」(胡品清,〈彩色音符〉,2006)胡品清十五年中,不斷地尋覓一把鋸琴,因為那曾是遙遠年代裡的一個良伴。找到它,彷彿就能喚回腦海中,空屋裡,少數珍貴的回憶。有些人在氣味裡尋找回憶中的愛侶,例如:普魯斯特;有些人則在小飾物上看見了過往的繁華,像是:曹雪芹。胡品清是在輕輕脆脆的琴音裡,閉上雙眼,隨即看見烽煙四起,敵人的砲火震碎了盧溝橋上的石獅子,耳邊不斷地傳來轟轟的巨響,人如浮雲,風吹任東西……,卻在震耳欲聾的時代交響背景聲中,看到天際陰霾間的一隙晨光,像舞臺上方的聚光燈,照射在好友C.C.的身上。因為她正在以一種最簡便的樂器拉奏著民謠,自娛且娛人。那段生命如游絲如飄蓬的亂離歲月裡,女作家只剪取了一個最溫情悅耳的畫面。來到臺灣後,重建往事的希望卻愈來愈渺茫。不是臺灣沒有鋸琴,而是與本省老人話語不能溝通,情誼不能交流,臺灣的那把鋸琴只能依舊鎖在老閣樓裡,從戰火中走來的女人,注定與它失之交臂。

圖7-3　胡品清

女學者的表面生活不如心靈層面複雜善變，因為大部分的時間都給了學校和學生。累積了十多年的法文系教學經驗後，胡品清說自己成了優伶，在不同的課堂間，輪番演出各種性別、年齡、身分與性格的角色：

> 我必須把自己的聲帶變成鋼琴上的黑白鍵子，為了能模仿男女老少及孩童的音色。同時，我也必須隨時調整感情，為了在聲調上表達喜怒哀樂。（胡品清，〈我如何教中、法、英文〉，2006）

在法文戲劇課堂上，解釋名著中的特殊場景，她把自己當成一個女高音，大玩象徵手法彈奏無形的鋼琴，同時唱著索爾格維之歌。為了不使教學平板而單調，為了培養學生學習語文的興趣，老師返老還童了，像個幽默的小丑，也適時地扮演了各種法文歌者的角色。音樂，融入了法文教學的課程裡，也揉進每一個莘莘學子的心坎。學院作家的另一項工作是稿酬微薄的專欄寫作，所幸胡品清挺身疾呼：藝術至上！在晚報「我唱我歌」專欄裡，譜寫詞曲；在「詩與樂」的專輯中強調：「音樂是不該有疆界的。」

走下講堂與寫字檯，她是一個真正的女人。女人，會坐在咖啡館裡，守候著一個迷人的音色；女人，會穿上一件銀灰色毛衣和淺灰色長褲，再配上銀色的香水項鍊，偶爾也打開鍊墜，滴一點芬芳在衣襟上，然後聲稱：我很藝術。女人，會欣欣然地拆開朋友送的禮物，興奮地對讀者說：那是一副領針，天藍色四弦琴的造型！並且進一步細膩地描述道：琴弦是金色的，琴柱也是……四根金弦包藏著一首無聲的友情之歌。女人，會感嘆地說，我們的耳朵是貝殼，保留著靈海潮聲，只是人生就像所有的歌詞一樣，全是美麗的謊言。（胡品清，〈幾件藝術品〉，2006）女人，也喜愛大眼睛的玩具狗，但是頂討厭庸俗的寵物名稱，例如：Lucky或來

喜，她和她的寵物都喜歡「嘟嘟」這樣的法文名字，因為「聽」起來像圓圓的義大利文，這個充滿音樂感的名字在法文的原意是寵物的意思，於是一個樂音般的詞彙同時滿足了女人與玩具狗狗都想被愛的欲望。（胡品清，〈玩具狗的獨白〉，2006）

在閨房裡，強烈執著地使自己的右手把吉他的音色彈撥得很美麗，直到六根弦重若千鈞，不由得聯想起，難怪自己在黑板上寫的字總是不能很白很白，即使在指尖上使盡了力量。所幸吉他不是很貴的樂器，氣餒的時候，將它「冷藏一下也無妨。」（胡品清，〈向六弦琴的獨白〉，2006）我們好像同時看到了女大提琴家杜普蕾的傳記電影，影片中音樂家幾次賭氣將她至親的樂器推出冰風雪雨的陽臺，誓言與它絕交。我們所看到的，仍然是女人。

二、琴弦的內心獨白

胡品清深信法國名詩人波特萊爾的話：「請永遠做個詩人，即使是寫散文的時候。」於是我們在胡品清的散文裡，也時常感受到了格律的變化與詩意的節奏，其句式之間的自由韻律有時彷彿五線譜上的切分音，刻意地製造不均衡的強弱節拍；有時也出現唐宋詞裡某些詞牌鏗鏘悅耳的聲調效果。例如她敘述自己的求學歷程：

> 話說，我免了小學，直接考入了一所教會女學堂，以神童之姿。
> 似乎，中學裡的歲月都是隨著音符而飛躍的。
> 如今，在風呼嘯、雨滂沱的日子，在讀書不能、寫作不能的日子，在對一切都欲語還休的日子，我就抱起三腳貓吉他讓音符結成一個花環，將我包圍。（胡品清，〈彩色音符〉，2006）

為了引發散文的詩意，胡品清時常將長句中的時間和地方副詞單獨立於句首，形成一個觸目的時空座標，突顯了作家對人世間流光歲月的慨歎：

> 少小的時候，我總是被石榴的紅燦迷住。
> 在故鄉，石榴花又大又紅。遠望去，像一團熊熊的火。
> 在寶島，所謂的石榴只是侏儒榴樹，所謂的榴花也只是迷你榴花。（胡品清，〈石榴、楓葉、海棠花〉，2006）

告別家園以後，歲月悠悠，家鄉一點一滴鮮明的記憶都像張愛玲筆下紅玫瑰幻化於心頭的一顆硃砂痣，那形象只會愈加地鮮明飽滿，因為顆顆石榴寄託了異鄉人濃重的情愁。它亮麗得像印度紅寶，象徵著遊子內心焦躁燃燒的思鄉情結。文中的「在故鄉」與「在寶島」形成了強烈的對照，其後有「熊熊的火」與「青翠的貧瘠」，在色調上，一紅一青，一熱一冷，參差交錯，也加強了兩個獨立的地方副詞所形成的對比

圖7-4　胡品清以石榴的意象縮合鄉愁。

性。詩人內心熊熊熱火為故園鄉情熾烈地釋放著光和熱，就像她鄉愁裡的錢塘，澎湃而激昂。她常常選用：「尋尋覓覓」、「欲說還休」等詞句，也顯見深層意識裡埋藏著李清照南渡後淒清的孤寂靈魂。胡品清曾經描述某一天午後，朋友送來一盆細細淡淡的海棠，腦海中浮現的文學典故，並不是大觀園裡尊貴得足以入詩入畫的女兒棠，卻是易安居士的〈如夢令〉：「昨夜雨疏風驟，濃睡不消殘酒。試問捲簾人，卻道海棠依舊。知否？知否？應是綠肥紅瘦。」李清照的淒惻伴隨著晚來風急，眼看大雁飛回，人如黃花，正傷心。胡品清有感而發：

> 如今，我的花廊裡也有幾盆地道的中國海棠，只是花訊長寂
> 寂，我珍惜它們，只是為了葉子，因為那些葉子象徵那一片有
> 待收復的中原。
> 一向，我對人生不甚苛求，一點美麗的事物便能為我帶來一份
> 怡情的悅樂，何況那盆海棠既象徵剛剛誕生的友誼，又常懷一
> 片孤臣孽子之心。

　　胡品清幼年伴隨祖母居住鄉間，接受傳統閨閣才女的教養，直到入教會女中為止。日後的教學經驗也告訴她，唯有童年時期記誦的詩詞語文能與自己一生相隨，往後為了升學強行記憶的事總無法銘刻在心。或許祖母對他童年的啟蒙為她婉約的文字風格埋下了富牛命力的種子，胡品清的行文不僅是內容蘊含如初春陽光燦爛的溫暖柔情，她所抒發的寓臺思鄉情懷，也間或吹來幾分宋詞裡女性蓬亂鬢角上梅花揉損的微微寒意。這股「微寒」或許也能使同輩讀者浮想起凜冽的故土，以及作者個人的身世悲慨。
　　在長短句音樂韻律的氛圍裡，將李清照的家國之思轉化為自我筆下深細的濃愁，胡品清慣於以時間副詞引領長句，在跌宕生姿的文法效果上，

寄託了「愁損北人」、「便作春江都是淚」的寂寥心境。而她耗費十五年尋覓當年鋸琴的鏗然音色，也只有在這心境下才能充分地得到理解。

除了修辭與句式，胡品清嘗試以音樂「組曲」的形式，帶出生活細節的精緻品味。她在〈生活組曲〉一文中，先以「盜竊一片彩葉」為自己的唯美主義拉開序幕，中段文鋒高潮處，乍見畢生難忘的凝紫暮山，而後整篇文章落幕在女作家回到書房，靜靜地欣賞著早已重讀多遍的法國女性文學作品裡。這一連串的生活組曲是她為自己做的形象刻畫，其文句依然處處閃現詩意的清新與樂句的律動：

圖7-5　李清照像

> 陽明道上，有一處人家深綠門戶。年年，入秋以後，庭院裡那株銀桂就讓縷縷清芬向人的鼻孔擴漾瀰漫。每逢我經過那個小小花園的時候，總把腳步停駐一陣子，呼吸那親切的、勾起鄉愁的馥郁。桂花的芬芳，總把我拉回童年的歲月⋯⋯。（胡品清，〈生活組曲——盜竊一片彩葉〉，2006）

　　這陽明道上的深綠人家，令胡品清懷念起家鄉祖母庭園裡的丹桂，那氣味的芬芳在嗅覺裡喚起一片追憶，儘管當時已惘然，而花簇葉茂的景象仍然在心胸蕩漾，彷彿作者將自己縮小成童話年代的愛麗絲，幻影成一名歷險者，只為盜採一片閃爍著童年時光的彩色樹葉。童年，家鄉，那是不可抗拒的欲望。眼前這座深綠門戶裡的人家，使作者腦海中浮現出幼時文學記憶的海市蜃樓，其中有歐陽修與李清照的「庭院深深深幾許」，或許還有那份「小院閒窗春色深」的靜謐。墨綠、緋紅與鵝黃的林葉呼喚著異鄉遊子，要她供認、懺悔竊盜一片彩葉，是關於一段童年的憶往，也是關於一分藝術的體認。

　　在陽明山上居住的時光裡，作者的許多寫景意象都與李清照的「遠岫出雲催薄暮」相對應：「此山中一個風雨淒淒的日子，向晚時刻。假如純然是風雨淒淒，眼前必然會是一片灰濛濛的景象：低低的天，濁重的雲，蕭蕭的風，橫斜的雨。不！單是風雨淒淒四個字無法修飾那個向晚，因為呈現在後廊外和前廊外的是兩幅迥異的風景。後廊外，風很勁疾，雨甚淒迷。才午後五時就顯出一副黃昏的樣子。」（胡品清，〈生活組曲──看暮山凝紫〉，2006）窗外遠方的山巒起伏，雲霧飄捲，風雨淒清，以至暮色降臨，在古典文學的意境裡時常透露了歲月的推進與女性韶華的流逝，就在這遲暮的時刻，百無聊賴之際，玻璃窗外驀然出現一片紫色的天，「一帶暮山的紫」。女作家不覺放下了餐具，斜倚窗前，凝視久久……。

　　作為生活組曲的菁華，如歌劇詠嘆調的婉轉動人，聲聲將人帶入天堂，我們也隨即在那暮山凝紫的天際，看見了華年稍縱即逝的美，陰翳的天空中透出凝紫的氣象，一旦錯過，即是百年身，所幸作者攫取了那最美也是最後的一刻，將它化為不朽。

　　有生以來，不曾看見過一幅那麼矛盾的畫面。

作家再一次地運用了陌生化的險句，將四平八穩的句式作了頭輕腳重的微調，要我們所有人對大自然獻出有生以來的禮敬。

一系列的「生活組曲」行將落幕之前，作者從絢爛歸於平淡，回到書齋，為開學後的許多事務作準備，包括那些無法推辭的演講，不容婉拒的書評，以及持續性的譯作及連載……。但是唯一的好事還是讀書：「我選擇了我偏愛的葛蕾德夫人……就在被『騙』去演講的時候，我又重讀了那本『新』小說，第五次了。」（胡品清，〈生活組曲──讀法國的「新」小說〉，2006）法國向來是文學與藝術思潮的發祥地，胡品清曾經專文論述一九五○年以後的法國新文學，在她的心目中，二十世紀前期法國最重要的文學家除了普魯斯特、卡謬等重量級作家之外，女性文藝的重要指標應推舉葛蕾德夫人。

比起莎岡，這個聰明的女子，葛蕾德夫人更具有女性的典型形象，她熱愛大自然，善於描寫景物，她生動地描畫女性心理，語言的運用亦十分形象化，她是女界的波特萊爾，將散文寫成一篇

圖7-6 有生以來，不曾見過的一幅畫。
陰翳的天空透出凝紫的氣象。

篇細緻的詩。那似乎也正是胡品清所追求的唯美散文藝術境界，而葛蕾德夫人的離鄉背井，與揮灑奇妙的彩筆歷述鄉間的童年歡笑，諦聽大自然的音響與悸動，幾乎是回應了胡品清尋覓文學知音的心靈呼聲。於是她在葛蕾德夫人的作品裡，享受輕柔如天鵝絨般的黃蜂之歌，像影片迅速播放似的觀賞花開花謝的匆匆，轉身回望逐漸蒼茫的天空，與法國女作家同聲喟歎：「我已辭別了故鄉。你將不會在那兒找到什麼，只有淒涼的田野、一座貧苦寧靜的村莊、一個濕潤的山谷和一列微藍的山岡……。」（胡品清，〈關於葛蕾德夫人〉，1984）眼裡看見的是散文，耳中卻聽到了詩。我們在兩位女作家的疊影中看見私生活的暴風，也體會到大量的歲月在其間流逝，她們的獨立與全心全意地生活，就是天邊幽晦雲雨中凝紫的薄暮。

圖7-1　法國新小說時期的女性文學，善於描寫自然田園風光。

　　猶如她循著「快樂的童年」、「浮華世界的沙龍」，與「特別研究過的愛情」等三部曲，來追敘普魯斯特的生活經驗。胡品清也有屬於自己的三部曲，從盜得一片彩葉以追蹤兒時樂趣，到向晚的驚豔，最後在文學世界裡與心儀的

女性一同回眸記憶中的村莊與山岡。女性從稚氣、艷麗到歸於平淡，終於完成了一套自我生活的音符與旋律。

三、散文是自彈自唱的藝術

如果說，散文是以廣義的獨白體形式來完成作家自我形塑的特殊體裁，則胡品清的文章大約就是這一典型的範例。讀者優游在她的散文世界裡，可以隨著她的認真工作、度假旅遊與情海浮沉等許多面向，勾勒繪製出其人的形貌與思想品格。她時常在自我形象上鋪一層矇矓如象徵主義的抽象音樂薄紗，使我們更加確定其內在意欲追求的唯美與浪漫質地。抒發感情的時候是如此，描繪生活的時候亦然。

她經常懷念與好友妮娜一同在檳榔嶼度假的人生十日閒：

> 扔下了，世塵的繁縛；拋開了，社交的負荷。白天裡，我們在海灘漫步，或褰裳涉水，或在岩石上小坐，當疲乏襲來。在夜間，我們諦聽浪濤敲擊海岸，以均齊的節奏。當時年少，只覺得那種韻律別有一番風味，從來不會聯想到長江後浪推前浪或是浪花淘夢成古今。（胡品清，〈「天堂鳥」的午後〉，2006）

面對著浪花的起伏，潮湧潮落，她需要一首歌平衡這尋尋覓覓、顛仆流離的人生，那首曲子在妮娜的口中不經意地哼出，卻成為胡品清一生懷念的主題——「永恆」。「有生以來，我從來就沒有順心過。」「假如反求諸己，我對自己的拂逆只能作如是的結語：妳原非適者。」

散文是容易記載生活，也是最好評斷自我的藝術工具。對社會生活的不適應，讓胡品清診斷出自己是屬於那種「需要忘卻人生的典型」。最

好的辦法還是音樂：「我的意思是用迷
人的歌喉讓聽者忘卻人生。」哪裡有這
樣美麗又仁慈的歌者，胡品清願意飛奔
到他的身邊，在那兒求助於一點美麗的
外力謀殺記憶，追求遺忘。美好的愛情
故事值得終身想念，可惜真實的戀情多
帶有淒迷的色彩，只想教人把它遺忘。
胡品清在解讀法國前衛小說家瑪格麗
特‧呂哈絲《如歌的中板》時，領悟到
也許只有相愛的一方死亡，才能維持愛
情的絕對與永恆。《如歌的中板》女主
角安妮身旁的孩子意味著「連婚姻都無
法維持愛情的強烈度」，故事中的謀殺
案像是一首曲子的主旋律，在情節進行
的過程中，以各種變奏的形式來維繫男
女主角的連續對話。「謀殺」暗喻了雙
方一旦永遠地共同生活，愛的絕對性便
逐漸消亡。「現實生活是使愛情有形或
無形地變質的東西，無可爭議地。」（胡
品清，〈細說「如歌的中板」〉，1984）

圖7-8　沙特與西蒙波娃

　　一連七個黃昏，安妮與壽凡持續
地對談，直到第八天，挑逗性的對白導
致了靈肉合一的初吻，那是愛情的高峰
點，再走下去就是絕對的消失。原來，
分手也是一種死亡，而死亡反而造就了

愛情的永恆。在永恆的回憶裡，戀人保存著一份無瑕疵的印記。胡品清在認同瑪格麗特·呂哈絲的同時，她所肯定的是愛情絕對性的一霎那，她們同樣將愛情視為一種美麗的情愫，如果男女婚後的涓涓細流只能視之為親情，那麼，在本質上，愛情的存在便需要絕對與永恆的強烈度，一旦情思的熱力隨著外在因素而弱化或變質，愛情便不存在了。那時，即使等待也是徒然，因為所追求的東西已經消逝。這時，戀人們祈求音樂的神力能將歌喉化為雙翼，載著不幸的人兒向遺忘的宮殿飛去。其實人們真正害怕的恐怕還是遺忘，害怕在遺忘的國度裡，連痛苦都失去了蹤影。捕捉蹤影，繪成一幅瞬間定格的影像，形同作家的天賦職責：「我原只是生活的記載者，而非什麼所謂的作家。」（胡品清，〈歲首二三事〉，2006）胡品清邂逅了天堂鳥的歌者，「望著他消失在人群中的背影，我覺得那像是一種邂逅，又像是摘下一朵花，擲入水中，蓄意做成一幅瞬間的畫面。」那邂逅也可能就是呂哈絲筆下那位茫茫然的少婦一直以來所等待的東西。

二十世紀，在以存在的本質來衡量及賦予一切事物意義的法國文藝評論者眼中，散文與音樂的語言境界始終像翹翹板的兩端。沙特在〈寫作是什麼〉一文中指出，人並不描畫意義，也不把意義賦予音樂，從運用語言的視角審視，音樂、繪畫、雕刻與詩歌的創作者都是拒絕利用語言的人。詩人、音樂家志不在辨別、說明或稱謂，「因為稱謂活動意味著名稱為了所稱謂的東西而作永久犧牲的意思。」（沙特著，劉大悲譯，《沙特文學論》，2000）詩人不說話，但也不是緘默，為了擺脫語言的實用性，於是刻意將語言散落在狂野的狀態中，繼而做出許多奇妙的搭配。對一般人而言，語言是有用的約定；然而在詩人的眼中，語言如同大地的花草，依存於環境而自由生長；有時也像是人臉部的表情，在辨識了外界的聲音或色彩之後，流露出輕微的悲傷或舒暢愉快的心情。因此，詩人的語言總在組織創造與矢口成韻的天平兩端擺盪，當它傾向於後者時，毋寧更接近了永恆。

　　另一方面，語言文字將散文家投入了現實世界，然後像一面鏡子，使作家反照出自己的身影。沙特斷言，散文作家是說話的人，但是散文作家又是沒有說什麼的作家。散文的技巧來自談話，而語言僅是指涉生活對象的媒介。散文同時也是一種心靈態度，法國詩人哲學家華萊里比喻，散文如陽光透過玻璃，「當語言躍過我們的視線時，便產生了散文。」如同人們面臨危機時，隨手抓住工具以克服困難。危機解除之後，人們甚至忘了當初手裡拿的是什麼。於是，語言在散文世界裡形同作者與讀者感官的延伸。作者特別能夠意識到，文字就是行動，透過行動，人在對世界的愛恨憂懼、怨慕與希望等情緒中，顯露其原本真實的面目。相較於詩歌詞序的狂野，散文的文字是透明的。讀者往往在不知不覺中，被一種柔和而感覺不到的力量所折服，它不像是一幅畫裡最閃耀的焦點，或是長期為人所爭議的某種媚惑力，散文語言的均衡美如同偉大合諧的彌撒曲，它不需要讀者拆解每一個語詞，那樣反而失去了全幅的意義。美感是不能強制的，只有把美感當作是附帶的快樂時，那快樂反而更純粹。

　　詩般的狂野與散文語言的透明質地，在進行胡品清作品的閱讀旅程中，可以被引為良伴。她將詩人的天職融化在散文的生活角落裡，於是形成了這樣綺麗的句子：

> 事情總是這樣：偶然，誕生，發展，然後消逝，像凌晨放露片刻的綺霞。……有生有滅，像淡淡的雲。（胡品清，〈胸針〉，2006）

　　曾經有過濃濃詩意般的愛情感受，在多年後回想起來，也只能以「那一切都過去了」作為開場白，此情可待成追憶，只是當時許多強烈的感受，如今都化作如逆光翠葉般閃亮的片片光影。作家猶記得初識的場

景：崇山峻嶺間的午餐、藍天白浪裡的日子、「綠野仙蹤」的輕快音符與「維也納森林」及「永恆」的感傷曲調……，這些都已成雲煙，唯獨胸前淡紫衣襟下的胸針，載人穿越時空，回到了當初那個作家咖啡屋的詩人之夜。「那夜，燈光淡淡，詩意濃濃」，如果生命祇是一連串的俄頃，這一次的相遇便是生命中最玲瓏的心象，是多少年後依舊懸在靈魂深處的俄頃。

胡品清以詩化的語言填補散文的空間，描繪依稀當年墜入情海的三幅圖畫：

> 第一幅畫，色澤很淡……藍色的多瑙河的音浪從電視機裡流出來，流洩在每個角落裡……我們像是坐在畫裡，沒有詩，沒有哲學……我們的孤獨也來自同一原因……那天中午，陽光好大，群山多蒼翠。
>
> 第二幅畫面是一個海濱，那個我們曾在無奈的日子裡獨自去漂流的海濱……我自海中走出……讓思緒飄向你，飄向很遠的時光。
>
> 第三幅畫是香檳廳之夜……燈光柔柔的把一切做成夢境。綠野仙蹤的輕快音符飄著，繼之以維也納森林和感傷的永恆的曲調。……他是一個很好的舞伴，使你在旋轉的時候覺得很悠然。……我告訴他我不是一個愉快的玩伴，因為我心深處永遠有一潭滯留的憂鬱。於是他告訴我他的名字的希伯來文，意思是安慰者……。

詩歌、繪畫與音樂充盈在散文的懷抱裡，作家獨白式地完成了一個終身不忘的，充滿了愛與藝術的俄頃，而散文的存在只是為了紀念那些永遠不被遺忘的時刻。

四、散文的時代性

　　「我們這個時代易於激發沉思，尤其是哲學的沉思。」探討了沙特以自由與存在為軸心的哲學劇本之後，胡品清有感而發。在法國現代主義立論觀點的研討中，胡品清的散文寫作無形中也成為她探索現代人生存理由的具體實踐。沙特於一九四六年發表「存在主義即人文主義」的學說，並在文學創作中呈現了人的卑瑣、怯懦，甚至包含了絕望的情緒。這些引起基督教徒及馬克思主義者側目的寫作策略，說明了現代派作家對人性近於殘酷的分析，並非僅止於虛無的人生觀，其間的積極意義還是沙特所說的「樹立一種新道德標準」，為了在沒有上帝的世界裡，使人做到獨立而審慎的抉擇與充分的自我實現。即使個人選擇的是自我放棄，也該被尊重。

　　胡品清選用「波希米亞人」的音樂劇來省思自己的存在，她既迷戀「永恆」卻又質疑它的真實。尤其是處於寂寞特別濃重的時刻，「暫時」比「永恆」更具體地承載了存在主義者心中的真理。「是的，暫時，我不相信永恆了。」她在歌唱者迷人的嗓音中醒悟到「人生就是一條由許多荒謬的環節串成的鏈子。」當麥克風裡傳來：「愛之歡樂，只延續一個瞬間；愛之痛苦，卻是無邊。」胡品清自問：「她是為我唱的嗎？」某一晚夜生活展開的時候，作者在幽暗的地下室沙龍裡，看盡了吞雲吐霧、自在談笑的飲食男女，空中傳來「哈利路亞哈利路亞，哈利路亞哈利路亞……」這樣不諧調的莊嚴樂聲。也許此時作者想起了尼采的宣言：「上帝之死」，於是她帶著欣賞的眼光注視著前座的女孩，因為她「笑得好甜蜜，也好放肆。」存在主義學者對於基督教執拗的嘲諷，透過作者輕妙與諧謔的觀感折射出火光，因而此處的文字同時兼具了一點尼采式的高揚戲劇色彩，和些許沙特冷靜、透視的觀點。走出地下室的一刻，同時也進入

了清冷的寒夜，自我逃避的一天轉眼將過，幻想著自己活在浦契尼歌劇中，過著波希米亞式藝術家生活的存在主義學者，在夜幕低垂，優美的旋律與哀傷的情感即將曲終謝幕的時刻，故事裡的主角總要以最堅定的表態為那清楚意識到自我存在的一天，唱出最後一段經典的歌詞：「一個日子終於又被扼殺了，其餘的怎麼辦呢？管他呢！誰知道這是不是最後一個？」（胡品清，〈那個很波希米亞的日子〉，2006）

《追尋，漂泊的靈魂——女作家的離散文學》圖片來源

文壇的唐吉訶德——蘇雪林

圖1-1　　《民國女性之生命如歌》，王開林著。

圖1-2　　《民國女性之生命如歌》，王開林著。

圖1-3　　《胡適與自由中國》，汪幸福著。

圖1-4　　《民國女性之生命如歌》，王開林著。

圖1-5　　《民國女性之生命如歌》，王開林著。

圖1-6　　《巴黎的鱗爪——徐志摩回憶錄》，徐志摩著。

圖1-7　　《民國女性之生命如歌》，王開林著。

圖1-8　　《民國女性之生命如歌》，王開林著。

圖1-9　　《胡適與自由中國》，汪幸福著。

圖1-10　《女兵謝冰瑩》，閻純德、李瑞騰編選。

圖1-11　《胡適與自由中國》，汪幸福著。

圖1-12　《胡適與自由中國》，汪幸福著。

圖1-13　《胡適與自由中國》，汪幸福著。

沙場女兵——謝冰瑩

圖2-1　　《女兵謝冰瑩》，閻純德、李瑞騰編選。

圖2-2　　《民國女性之生命如歌》，王開林著。

圖2-3　　《女兵謝冰瑩》，閻純德、李瑞騰編選。

圖2-4　　《民國女性之生命如歌》，王開林著。

圖2-5　　《女兵謝冰瑩》，閻純德、李瑞騰編選。

圖2-6　　《女兵謝冰瑩》，閻純德、李瑞騰編選。

圖2-7　　《女兵謝冰瑩》，閻純德、李瑞騰編選。

圖2-8　　《女兵謝冰瑩》，閻純德、李瑞騰編選。

圖2-9　　《女兵謝冰瑩》，閻純德、李瑞騰編選。

圖2-10　《女兵謝冰瑩》，閻純德、李瑞騰編選。

亂離娜拉——孟瑤

圖3-1　《巴黎的鱗爪——徐志摩回憶錄》，徐志摩著。
圖3-2　《巴黎的鱗爪——徐志摩回憶錄》，徐志摩著。
圖3-3　《女人的一個世紀》，德博拉‧G‧費爾德著，姚燕謹、徐欣譯。
圖3-4　《女人的一個世紀》，德博拉‧G‧費爾德著，姚燕謹、徐欣譯。
圖3-5　《胡適與自由中國》，汪幸福著。
圖3-6　《胡適與自由中國》，汪幸福著。
圖3-7　《胡適與自由中國》，汪幸福著。
圖3-8　《胡適與自由中國》，汪幸福著。
圖3-9　《胡適與自由中國》，汪幸福著。
圖3-10　《少年蕭乾》，陳潔偉、柳琴著。
圖3-11　《民國女性之生命如歌》，王開林著。
圖3-12　《未名講壇——高旭東講魯迅》，高旭東著。
圖3-13　《民國女性之生命如歌》，王開林著。
圖3-14　《民國女性之生命如歌》，王開林著。

果園食客——沉櫻

圖4-1　《民國女性之生命如歌》，王開林著。
圖4-2　《巴黎的鱗爪——徐志摩回憶錄》，徐志摩著。
圖4-3　《民國女性之生命如歌》，王開林著。
圖4-4　《民國女性之生命如歌》，王開林著。
圖4-5　《女兵謝冰瑩》，閻純德、李瑞騰編選。
圖4-6　《女兵謝冰瑩》，閻純德、李瑞騰編選。
圖4-7　《女人的一個世紀》，德博拉‧G‧費爾德著，姚燕謹、徐欣譯。
圖4-8　《女人的一個世紀》，德博拉‧G‧費爾德著，姚燕謹、徐欣譯。
圖4-9　《女人的一個世紀》，德博拉‧G‧費爾德著，姚燕謹、徐欣譯。
圖4-10　《巴黎的鱗爪——徐志摩回憶錄》，徐志摩著。

北窗譯事——張秀亞

圖5-1　《巴黎的鱗爪——徐志摩回憶錄》，徐志摩著。

圖5-2　《女兵謝冰瑩》，閻純德、李瑞騰編選。

圖5-3　《民國女性之生命如歌》，王開林著。

圖5-4　《巴黎的鱗爪——徐志摩回憶錄》，徐志摩著。

圖5-5　《民國女性之生命如歌》，王開林著。

圖5-6　《民國女性之生命如歌》，王開林著。

圖5-7　《巴黎的鱗爪——徐志摩回憶錄》，徐志摩著。

圖5-8　《女人的一個世紀》，德博拉‧G‧費爾德著，姚燕謹、徐欣譯。

圖5-9　《少年蕭乾》，陳潔偉、柳琴著。

圖5-10　《少年蕭乾》，陳潔偉、柳琴著。

漢有游女——聶華苓

圖6-1　《胡適與自由中國》，汪幸福著。

圖6-2　《胡適與自由中國》，汪幸福著。

圖6-3　《胡適與自由中國》，汪幸福著。

圖6-4　《胡適與自由中國》，汪幸福著。

圖6-5　《胡適與自由中國》，汪幸福著。

圖6-6　《三生三世》，聶華苓著。

圖6-7　《胡適與自由中國》，汪幸福著。

圖6-8　《三生三世》，聶華苓著。

圖6-9　《三生三世》，聶華苓著。

圖6-10　《胡適與自由中國》，汪幸福著。

圖6-11　《三生三世》，聶華苓著。

圖6-12　《三生三世》，聶華苓著。

音樂散文——胡品清

世紀映像叢書

1. 百年記憶－中國近現代文人心靈的探尋
   蔡登山・著

2. 青山有史－台灣史人物新論
   謝金蓉・著

3. 雪泥鴻爪－近代史工作者的回憶
   陶英惠・著

4. 大師的零玉－陳寅恪，胡適和林語堂的一些瑰寶遺珍
   劉廣定・著

5. 玫瑰，在她如此盛開的時候－探索女性文學的綺麗世界
   朱嘉雯・著

6. 錢鍾書與書的世界
   林耀椿・著

7. 徐志摩與劍橋大學
   劉洪濤・著

8. 魯迅愛過的人
   蔡登山・著

世紀映像叢書

世紀映像叢書

世紀映像叢書

國家圖書館出版品預行編目

追尋，漂泊的靈魂：女作家的離散文學 / 朱嘉
雯著. -- 一版. -- 臺北市：秀威資訊科技，
2009.02
　　面；　公分. --（語言文學；PG0229）
BOD版
ISBN 978-986-221-165-6（平裝）

1.女性文學　2.文學評論

820.908　　　　　　　　　　　　98001255

 語言文學　PG0229

追尋，漂泊的靈魂── 女作家的離散文學

作　　　者／朱嘉雯
主　　　編／蔡登山
發　行　人／宋政坤
執 行 編 輯／詹靚秋
圖 文 排 版／鄭維心
封 面 設 計／蕭玉蘋
數 位 轉 譯／徐真玉、沈裕閔
圖 書 銷 售／林怡君
法 律 顧 問／毛國樑　律師
出 版 印 製／秀威資訊科技股份有限公司
　　　　　　台北市內湖區瑞光路583巷25號1樓
　　　　　　電話：02-2657-9211　傳真：02-2657-9106
　　　　　　E-mail：service@showwe.com.tw
經　銷　商／紅螞蟻圖書有限公司
　　　　　　台北市內湖區舊宗路二段121巷28、32號4樓
　　　　　　電話：02-2795-3656　傳真：02-2795-4100
　　　　　　http://www.e-redant.com

2009 年 2 月　BOD 一版
定價：210 元

讀 者 回 函 卡

感謝您購買本書，為提升服務品質，煩請填寫以下問卷，收到您的寶貴意見後，我們會仔細收藏記錄並回贈紀念品，謝謝！

1. 您購買的書名：_____

2. 您從何得知本書的消息？

　□網路書店　□部落格　□資料庫搜尋　□書訊　□電子報　□書店

　□平面媒體　□ 朋友推薦　□網站推薦 □其他_____

3. 您對本書的評價：(請填代號　1.非常滿意 2.滿意 3.尚可 4.再改進)

　封面設計____　版面編排____　內容____　文/譯筆____　價格____

4. 讀完書後您覺得：

　□很有收獲　□有收獲　□收獲不多　□沒收獲

5. 您會推薦本書給朋友嗎？

　□會　□不會，為什麼？_____

6. 其他寶貴的意見：_____

_____

_____

_____

讀者基本資料

姓名：_____　年齡：_____　性別：□女 □男

聯絡電話：_____　E-mail：_____

地址：_____

學歷：□高中(含)以下　　□高中　　□專科學校　　□大學

　　　□研究所(含)以上 □其他_____

職業：□製造業 □金融業 □資訊業 □軍警 □傳播業 □自由業

　　　□服務業 □公務員 □教職　□學生 □其他_____

(請沿線對摺寄回,謝謝!)

秀威與 BOD

BOD（Books On Demand）是數位出版的大趨勢，秀威資訊率先運用 POD 數位印刷設備來生產書籍，並提供作者全程數位出版服務，致使書籍產銷零庫存，知識傳承不絕版，目前已開闢以下書系：

一、BOD 學術著作—專業論述的閱讀延伸
二、BOD 個人著作—分享生命的心路歷程
三、BOD 旅遊著作—個人深度旅遊文學創作
四、BOD 大陸學者—大陸專業學者學術出版
五、POD 獨家經銷—數位產製的代發行書籍

BOD 秀威網路書店：www.showwe.com.tw
政府出版品網路書店：www.govbooks.com.tw

永不絕版的故事・自己寫・永不休止的音符・自己唱